きれいな気分、軽い感情。

つれづれノート㊹

銀色夏生

角川文庫
23858

きれいな気分、軽い感情。

つれづれノート㊹

2023年2月1日(水)
〜
2023年7月31日(月)

2月

2月1日（水）

今日から2月。

仕事が一段落したので将棋の順位戦をじっくり見る。相手は永瀬《ながせ》王座。最初から押され気味。長考のあいだに温泉へ。10日ごとにある浴そう男女入れ替え日だった。サウナの小さい方になる。

夜12時50分に投了。永瀬王座の勝ち。終わるまで待っていたので疲れた。

2月2日（木）

今日は友人のピンちゃんと散歩。

その前に荷物を送るなどの用事を済ます。そうだ。最近好きな素朴なモンブランケーキを買って帰ろうと思い、ケーキ屋に入った。「いらっしゃいませ」と若い女性販売員が出てきた。ケーキのケースのモンブランのところを見た瞬間、あれ？　四角い。形が違う…。間違えた。この店じゃなかった！

そうか、あれは昔ながらのひなびたお店の方だった。どうしよう。

まるで下見に来たかのような様子をして、「またあとで来ます」と言って出る。ああ。

隣町のひなびた方のお店へ向かう。

ここ、ここ。小さな素朴なお店。モンブランを1個くださいと言う。手で提げる紙のケーキ入れも懐かしい。

11時に待ち合わせの駐車場へ。ピンちゃんの娘のアイちゃんも急遽《きゅうきょ》参加。今日は本当に目の覚めるような青空。近ごろめずらしいほどの快晴だ。ポカポカして暑いほど。

川沿いの堤防を3人でおしゃべりしながらゆっくり歩く。

途中の田んぼにクジャクを小さくしたようなきれいな鳥がいた。オスの雉《きじ》だ。しばらく進んだら大きな雉小屋があった。ここから逃げたのだろうか。

オリーブ畑を見たり、気持ちがよくてずーっと歩いていたら12時の鐘。

「あ、12時。お昼だね。お腹すいた～。みはらラーメンってところに一度行ってみたいんだけど…」と言ったら、なんとピンちゃんは今日そこでお昼を食べようかと考えていたそう。

「じゃあ。一緒に行こう」

でもここまで1時間も歩いてきたから戻るのにまた1時間かかる。

「しまった！　今度からまっすぐに歩かずにいつでもすぐに引き返せるように同心円状を歩こう」と強く思い、みんなに誓う。

1時間かけて駐車場に帰り、ラーメン屋へ。そこは昔からあるひなびたラーメン屋さん。すぐ前に線路が通っている。青い空と明るい日差しの中、お店へ。

カウンターにおじさんがひとり。小上がりの座卓に座る。私は散歩中に飲む水を持参していたけどふたりは持って来ていなかったのでアイちゃんなんて座るなり水を2杯もがぶ飲みしていた。

ラーメン3つとぎょうざを一皿注文。

ラーメンの味はものすごく素朴だった。なんというか、家庭的というか、あっさりしていて何の特徴も感じなかったけど、もしかするとこういう素朴な味がかえって人を飽きさせないのかもなあと想像した。

あたたかくて眠くなる。

あさって、出店がたくさん並ぶお祭りがあるので一緒に行こうと約束して別れる。

温泉に早めに行ってぬるめの浴槽でゆっくりストレッチする。両手を組んでクルッと回して肩甲骨をのばしたり…。

サウナには水玉さんとハタちゃん。

水玉さんが前に言った言葉がよみがえる。ふたりでサウナで話していた時のことだ。「私は、だれかと一緒に人生を歩むということができなかった。一緒に暮らせるような気の合うパートナーに出会えなかった」ということをぼやいたら、少しの沈黙のあと、「でも、人に合わせられないでしょ?」。

ハッとした。

最速で深く深く考える。心のすみずみまで隈《くま》なくライトで照らして。

「うん。合わせられない」

そうか。くどくど理由を考える必要もない。このひとことはあらゆる理由を凌駕《りょうが》する。私は人に合わせたくない。そこだ。

人と暮らすにはどこか相手に合わせたり、譲る必要がある。相手もそうしてくれる。そうしなければひとりでいるのと同じだ。違う言い方をすると協力しあうということ。今後、ひとりでいることをぼやきそうになったら、パートナーのいる人を羨《うらや》ましがりそうになったら、この言葉を思い出そう。

「人に合わせられる?」

ノー。お手上げです。

ものすごくスッキリした。ありがとう、水玉さん。時々核心をつかれる。

2月3日（金）

節分。

うって変わって曇り空でうすら寒い。

家でいろいろ。夕方、早めに温泉へ。もう出店の準備が始まっていた。

2月4日（土）

今日はいいお天気。10時に待ち合わせ。

すぐに100円の巾着《きんちゃく》竹カゴを買ったアイちゃん。なんでこれを？

しばらく行くとアクセサリー屋さんがあった。まだ人もそう多くないのでゆっくり見れる。大きな黒い木の実のキーホルダーになぜか目が吸い寄せられた。世界一大きな木の実、藻玉《もだま》（幸福のお守り）と書いてある。

「これ…」

つい握りたくなる大きさ。つるつるしてる。

「いろいろ握って、しっくりくるのが自分に合うやつだよ」とおじさん。

私は丸い形のがいい。ひとつ、これというのがあった。

「私はこれがいい」

一緒についてるのは鈴とビーズと、タイガーアイだという。

「タイガーアイ？　これもビーズですか？」

「本物だよ。金運にいいよ」

ピンちゃんは同じような丸いのに白い石がついてるのを選んでる。たしかムーンストーンといってたような。

「石はそっちの白い方が好きだなあ。でも、握り心地はこっちがいいからこっちでいいや」と私はちょっとうらやましさを残しつつタイガーアイのを買った。アイちゃんはイヤリングを買ってた。

おじさんも黒い紐《ひも》に小ぶりの木の実がついた首飾りを下げていて、「ほら」と見せてくれた。

「使い物にならないから捨てようと思ったけど捨てられなくて自分で下げてるんだよ」

飾りは何もついてなくてシンプルでいちばんいい。木の実がつるつるになってる。

「いいことあるよ～」とおじさんが笑顔で私たちを送り出してくれた。

おじさんに言われて本当にいいことがあるような気分になった。旅の記念にお揃いのお土産を買ったような楽しい気持ちになる。

次に木工のテントで気になる木工品を見つけた。きれいな丸い杢《もく》が入ってる木の板。同じ模様のが大小５枚。

「うーん」

何度も手に取って眺める。いいなあ。でも木の板はたくさん持ってるしなあ…と思い、心惹《こころひ》かれつつもそこを立ち去る。

アイちゃんが切りたて揚げたてのさつま芋フライを買ったので1個もらう。ほこほこしてておいしかったけど喉《のど》が渇いた。お茶が欲しい。するとお茶屋さんがあって小さな紙コップで淹れたてのお茶を配っていた。

「助かった〜」とありがたくいただく。香りのいい白折茶《しらおれちゃ》。木の升で量り売り。500グラムは多いなあと少し迷ったけど買うことにした。少し多めに入れてくれた。

そのあと、バナナのたたき売りを見た。20本ぐらいついてる房が550円で、人々が殺到して買っていた。私は梅ヶ枝餅《うめがえもち》、柿の葉寿司《ずし》、アジの干物4枚、牛すじシチュー、マフィンなどを買ったのでだんだん手提げ袋が重くなった。

お腹が空《す》いてきたので、あぶり豚足、鹿串《くし》（これは苦手だった）、広島風お好み焼きなどを分けて食べる。満足して帰宅。

コタツで買ってきたものを食べたりしていたら、なぜかすごく幸せな気持ちになっていることに気づいた。なぜだろう。最近気の沈むことが多かったのだが。

さっきの木の実のお守りが効いてきたのか。それとひとつ思い出すのが、朝方に深呼吸がしやすくなるというササッと撫《な》でるだけの簡単なリンパストレッチを見かけてやってみたんだけどそれがよかったか（たぶん違う）。

夕方。あの木の板が忘れられない。

うーん。今から自転車で買いに行こうか…。そう思うともうそうしないではいられなくなる。買ってから初めて自転車のサドルを覆っていたビニールをはがして、初乗り。

ブーンと快適に漕《こ》いで木工屋さんへ。閉める準備を始めているところだった。さっき見た好きな板を5枚、手に取っておじさんに渡す。

「木が好きなんです。この模様は何ですか？　根っこですか？」

「いや、メープルだよ。20年前のでもう入ってこないよ」

全部で３４００円。木が好きならと、２００円の小皿をおまけにくれた。他の木のお皿なんかも気になって手に取る。

「ゆっくり見たいなあ。できたら明日《あした》また来ますね」といって帰ってきた。明日は将棋の日だけどお昼休憩にまた来ようかな。

夜。藻玉のお守りを何度も握る。スルスルぎゅっ。

この鈴はいらないなあ。あのおじさんみたいなシンプルなのがいいなあ。よし。ペンチを2本持ってくる。まず鈴を外し、ビーズがついていた紐は短くリメイク。するといい感じになった。これならよし。

2月5日（日）

今日は棋王戦五番勝負第1局。渡辺《わたなべ》棋王対藤井《ふじい》竜王。場所は長野《ながの》市。

そういえば、明け方のインスピレーション、「合わさなくていいと言ってくれる人となら簡単に合りよ」と誰かに言われた。なるほど納得。イメージできる。その「合わさなくていい」は軽い意味でなく。

昨夜は長くてはっきりした夢を見てとてもおもしろかった。

将棋のあいまに庭に出たら、前の道がにぎやか。そうだ。10時にマラソン大会のスタートがあるんだ。2階の窓から眺める。

スタート直前は緊張感がただよっていた。合図のピストルが鳴って、選手たちが一斉に走り出す。思わず拍手。

将棋はお昼休憩に入った。自転車に乗って昨日の木工のお店にまた行く。

黄色っぽい色の木皿があったので「これはなんの木ですか？」と昨日のおじさんに聞いたら、その方はお客さんだった。すみません。間違えた。失敗、失敗。

引き続きいろいろ見ていく。小皿、中皿、切り株。すると最初はまったく興味のなかったカヤの木の切り株の模様が気になってきた。じっと見ていたらだんだん好きになり、いくつかあった切り株の中で特に好きなふたつで迷う。ひとつは丸い模様があるし、ひとつはそれが割れて十字架のような模様が見える。何度も見比べて、選べずにどちらも買うことにした。今日もおまけに小さな小皿をいただく。

本店はどこにあるんですか？　と聞いたら、店舗はなくてこういう出店でだけ売っていると。来年もまた来るそうなので私もまた来よう。

それから柿の葉寿司と牛すじシチューがおいしかったのでまた買いに行く。柿の葉寿司は売り切れだった。牛すじシチューはあった。子持ち鮎《あゆ》の塩焼きを買った。牛タン串を買おうかずいぶん迷って、やめた。

家に帰って牛すじシチューと子持ち鮎の塩焼きとレモンマフィンを食べる。

買ってきた切り株を取り出して、昨日買ったメープルの板の隣に並べてじっくり見る。

ふふ。この眺めている時間が幸せ。

前に水晶などの石を集めていた時と似た気持ちだけど石より安いし石はちょっと胡《う》散臭《さんくさ》いお店があるから木の方がなんとなくすがすがしい。

夜7時ごろ、第1局終了。藤井竜王の勝ち。渡辺棋王の横から見た頭の形がかわいい。カクンとなってるところ。

2月6日（月）

うって変わって曇りで寒い。

ずっと家。ほぼコタツの中。時おりゴロンと寝ころんでぼんやりといろいろなことを考える。

昼は梅ヶ枝餅を焼いて食べた。あまりおいしいと思わなかった。やっぱり太宰府《だざいふ》で焼きたてを食べたい。

雨が降ってきた。

長めに温泉に入る。

夜は、にんじんを丸ごと1本入れて炊く炊き込みご飯の作り方を教えてもらったのでうろ覚えのレシピで作ってみた。

うーん。これでいいのだろうか。おいしいことはおいしいけど作り方が違うかも……と思いつつも、お代わりをしに台所へ。

ご飯の上に、ミニママからもらった海苔《のり》を使って作った自家製海苔の佃煮《つくだに》をのせて、佃煮の容《い》れ物のかたいバネ式の蓋《ふた》をしようとしたら手がすべってしまい、お茶碗《ちゃわん》が床に落ちた！

またやってしまった。でもお茶碗は無事だった。ご飯は逆さまにひっくり返って床にドーム状になって落ちている。捨てるのは悲しいのでそのままお茶碗をかぶせてパコッと戻し入れる。

気にしないようにして食べた。

2月7日（火）

雨が降ってる。

道の駅に補充に。これが最後かなあ。たまに話すレジの女性がいたので挨拶《あいさつ》して少し話す。

雨がシトシト。

コタツに入り、かたわらの木の板をスリスリ。すべすべ。

大好き…。

メープル。カヤの木。

この四角いの、なんだろう？　四角って、変わってる。何に使える？　なんにも。そこがいい。

スリスリ…。

カヤの木の中に入ってる模様は、前にアメリカで買ったネイティブアメリカンのイラストを思い出させた。

明日は待望のクレーン車を使った大規模剪定《せんてい》の日。私も一緒に庭で作業するので明日のためのおかずを作っておく。

ヤリイカと里芋の煮つけを作った。イカ墨も入れたので黒っぽくなったけど味はおいしい。

2月8日（水）

いい天気。

8時に造園一家が来てくれて、クレーン車で高いところの剪定が始まった。私と残りのみんなで、私が前に剪定した木の枝が山のようになっている場所を片づける。この山は長いこと気がかりだった。いつかきれいにしなければと。草を刈ったり、土に埋まった空き缶を集めたり、汗だくになって作業した。途中すごく大変だったけど終わったら達成感と充実感でいっぱい。これこそが生きている、幸福そうだった！　この体を使ってクタクタになる感じ。これこそが生きている、幸福だ、と前に思ったんだった。こんなふうに毎日疲れるほど動きたいなあ。今、こういう作業がないので気分も沈みがちなんだなあ…。

そのあとは庭で私も剪定作業。トウカエデの枝をどこまで切るか…、何度も眺めて考える。

大きなクスノキやヤマモモは枝抜きもしてもらってスッキリとなった。ネムの木は大きくなりすぎたので地際から切ってもらい、幹は薪《まき》にするために40センチぐらいの長さにカットしてもらった。

南面が終わり、しだれ桜と北面のヒトツバの木は土曜日に。

改めて外の道路から眺める。

スカスカになってるけどまた葉っぱが茂るだろう。日が当たらずに苔《こけ》が生えていた小道も明るくなるだろう。

手入れしてもらうと気持ちがいい。伸びていた髪の毛を切ったような感じだ。

2月9日（木）

王将戦第4局。場所は立川《たちかわ》のホテル。

昨日たくさん貰《もら》った椎茸《しいたけ》で佃煮を作りながら見る。天気も悪く今日は1日ずっとコタツの中だろう。


「ふと口に出すことの大事さ」について思ったことがあった。

先日、ガスの器具を取り換えてもらう下見の日、ガスボンベを壁に取り付けているチェーンが錆《さ》びて茶色になっているのが目に入った。完全に隅から隅まで錆びている。すごい…と感心して、「すごく錆びてますね～」と思わず口にした。

そしたら、取り換えの日、「チェーンも取り換えておきました」とおじさん。見ると、なんとピカピカのチェーンに替わってた。わあ～。口に出してよかった～と思った。

ふと口に出すことって意外と大事かも。

2月10日（金）

将棋の二日目。

昨日の封じ手前から長考していた藤井王将。対局直後からもう劣勢になり、そのままあっというまに羽生《はぶ》九段の完勝。

早く終わったので温泉へ。人も少なく、私も早めにあがった。

2月11日（土）

剪定の続き。今日はしだれ桜やエゴノキ、北側のヒトツバなど。

私もトウカエデや桑の木の剪定をする。去年買ったスチール社のミニチェーンソーにも慣れてきた。

トウカエデは、ひとつの枝の先からたくさんの小さな枝が栗のイガみたいに生えていて、そこがとても気になる。いっそその部分をスッパリ切ってしまおうかと思案を重ねる。近づいて、少し離れて、何度も何度も。そして、ついに決心して切り取った。

スパッと。ああ。スッキリ。

今年、ここからどんなふうに枝が伸びるか観察しよう。

造園一家の方はクレーン車に乗って3本のヒトツバの剪定。大きな枝をバンバン切ってる。こちらもスッキリ。木の幹に長年絡みついていたツタも地際で切ってもらった。この木は私の子供のころからあるので50年もの。大きくなりすぎると石垣を壊すこともあるそうなので気をつけよう。

これでしばらくは自分でコツコツ庭の手入れをやっていけば大丈夫。枝が伸びてきたら大きくなる前に剪定して伸びすぎないように注意したい。

シダ撲滅作戦は継続中。春になって新芽が出たらその都度、抜いていこう。

2月12日（日）

暖かい日。

畑にもみ殻を撒き、えんどう豆の畝にネットを張る。庭では気になる木の枝を剪定。グミの木など。

映画「NOPE／ノープ」「トップガン　マーヴェリック」「ザリガニの鳴くところ」を見る。ノープとザリガニはしみじみと見れた。

キャベツがまあまあ大きくなったので葉を摘んで焼きそばを作り、初ブロッコリーと2センチ大のミニミニかぶをストウブ鍋《なべ》でソテー。

2月13日（月）

雨が降っている。

車で外に出ていくつかの用事を済ます。買い物も。

家に戻って、丁寧にうどんを作る。鶏肉《とりにく》、玉子、かつお菜、椎茸の佃煮《つくだに》をのせて、完成。

いざ食べよう！　としたところにピンポーンと誰か来た。

ええっ？　だれ？

と思って出ると、斜め前の工事中のおじちゃんだった。失くしたと聞いていたスパナを先日の剪定枝のゴミ置き場で発見したので渡したら、おじちゃんの会社のものじゃなかったそう。だとしたら初期の撤去工事に来ていた小さいところだろう。ふたたび引き取る。

ついでにしばらく立ち話。解体作業のことなどを話す。

話が終わって、急いでうどんに戻る。のびてるかな。

まだ大丈夫だった。おいしく食べた。

ピクミン4が7月に発売されるとサクが家族ラインに。

どうしよう…。やるかやらないか。戦いはやりたくないけど、最初の平和な感じの森でいろいろ集めたり橋を作ったりするのは好き。最初だけやるか。どうしよう。

剪定《せんてい》の時にふきのとうが出ているのに気づいたので、夕方、5つ摘んで天ぷらを作る。もう春が近い。

2月14日（火）

今日はいい天気。

畑や庭の作業をしようか。仕事の準備をしようか。

使うのを忘れていた玉ねぎを玄関の台の上に発見。買ってきた玉ねぎだ。袋を開けたら1個だけあって、緑色の葉が10センチぐらいびょーんと曲がって出てる。ううむ。迷った末、畑に持って行って埋めた。今からだと葉っぱが茂って、葉玉ねぎとして食べられるかも。

ポカポカと暖かい。チンゲン菜もターツァイもトウ立ちが始まってる。つぼみが出たら摘んでスパゲティを作ろう。

洗濯物を干す。

暇空茜《ひまそらあかね》氏が言ってたことが印象深い。作家の百田尚樹《ひゃくたなおき》氏が「語るに落ちるやな」とある人のことを批判した時、暇空氏は、「語るに落ちるみたいな読み取り方をするのでなく、何を目的にしてどういうことをやろうとしているのかを読み取るべきなんです。これは戦いなんだから、相手がちょっとダサいことを言い、わあダサイと笑ってもなにもいいことはないんです。そこから相手の戦略とか作戦を読み取れば、それはゲームとして有利になるので」と言っていた。

本当に。揶揄《やゆ》するのでなく相手を知ること。


温泉に行ったら今日のお湯はぬるかった。最近ぬるい日が多い。

岩に囲まれた方の温泉で静かに腕のストレッチをしていると、よく同じように体操をしている人が来た。

「よく体操してらっしゃいますよね。同じ仲間だなと思って見てました」と初めて話す。「前に運動かなにかしてたんですか？」と聞いたら、特にしてはいなかったそう。温泉に来たらちょっと体操するのを習慣にしているとのこと。

「同じです」

夜。「ほとり」の録音。これからの生き方のアドバイス。「ぼんやりとしたまなざしで核心を探る」ように物事を見ましょうと。

2月15日（水）

ちょっと必要になって、前に買ったビーズの袋を開けて中身をチェックする。アクセサリーの部品があるか…。あったけど小さかった。

ついでにビーズ類をコタツの上に並べて、じっくり眺めてにんまり。いい気持ち。

次に、今日か明日《あした》、作りたいおそばのイラストをサッと描く。材料を決めるために。イメージするために。私はよくこれから作るメニューの絵を描きながら頭を整理する。

友だちからうれしいプレゼントをもらった。先日のお祭りで変わった服の出店があって、私がいいなあと見ていたスカートがあった。日本髪の女性と和歌みたいな文字がプリントされたとても風変わりなスカートだった。これ、おもしろい…。でも決断できずにその場を離れたんだけど、それを覚えていて、次の日にその出店の前を通った時に「これ…」と思い出し、買ってくれたのだそう。

きゃあ〜、うれしい。あとで思い出して、買えばよかったかなと後悔してたんだよ。
友だちが帰って、すぐにそのスカートを試し穿《ば》きする。
ひとつ、誤算があった。そのスカートはすとんとした細長い長方形で、ウエストがゴムになってる。でも私の胴はドラえもんみたいな丸だ。特に顔のあるウエストのあたりが丸いので、この柄を生かした着こなしができないことを知る。残念！

2月16日（木）

いい天気。
ここしばらくはゆるゆると仕事しながら家のことをするという日々。

私的には4日後の道の駅の棚撤収が大きなイベント。今から緊張している。無事に終わらせることができれば新しい世界に飛び出せる…という気がしている。

2月17日（金）

今日もいい天気。

仕事をする前の準備段階でウロウロ庭に出ては部屋に戻る。午前中はそのように過ごす。

着圧パジャマがいいと聞いたのでさっそく注文した。ただ、チクチクするという感想があるのでそこがどうだろうか。

私が今穿いてるパジャマのズボンは継ぎだらけでボロボロ。さすがにもういいかと思う。洗濯して干したら、客観的に見てもすごい。一度いいと思うと破れても使い続けることがある。毎日のように使っているタオルとバスタオルももう穴が開き始めた。

2月18日（土）

棋王戦第2局。

将棋を見ながら仕事したり、いろいろ。

おととい、庭を散歩した時、物置小屋のガラス戸の前にオリーブ色の何かが落ちていた。うん？　と思って見ると、それは…メジロだった。

ガラスに当たって死んだんだ…。うう。鳥がたくさん飛んでくるのでこういうことはたまにある。いつものように拾って捨てようかと思ったけど、もしかすると猫が捕っていくかもしれないと思い、そのままにしといた。

昨日、見たらまだあった。

どうしよう…。庭の見回りの時にはそこを見ないようにして歩いた。

台所の窓からその場所が見えるので、さっき見てみた。

すると、なくなってた。


今日は晴れてポカポカだったのに夕方になって曇ってきた。

将棋は渡辺棋王、藤井竜王とも長考続き。

私はオーブンで焼き芋を作る。160度で90分焼くのがいいと書いてあったのでその通りにしてみよう。小さいさつま芋がまだたくさんあるので天気のいい時に干し芋を作ろうかな。段ボール箱を開けたらしなびて腐ってるのが結構あったので早めに作らなければ。

2月19日（日）

家で仕事。

なかなかやる気にならず、コタツでどんより。

そうこうしているうちに注文していたお酒が届いた。8本。ここしばらくお店おすすめの安いお酒セットみたいなのを飲んでいたらこのあいだ頭が痛くなったので、たまにはちょっと高いのを頼もうかと思って買った。ドンペリも買おうかと思ったけどさすがに特に飲みたいわけでもないのにそんな高いのを飲むのも気が引けると思い、やめた。いつもよりちょっとだけ高いのにした。

そして、着圧パジャマも届いた。すぐに穿いてみた。うーん。チクチクする気がする。

2月20日（月）

着圧パジャマ、ひと晩穿いていたけど大丈夫だった。


今日は忙しい。

早朝、7時半、道の駅に商品棚を撤収しに行く。準備万端整えた。水にぬらした化でも化学雑巾《ぞうきん》、テープ剝《は》がしスプレーなど必要になると予想されるものをこまごまと。でもテープ剝がしは間違えて使い終わった方を持って行ってしまい、ガックリ。でも化学雑巾できれいにふき取れた。滞りなく進み、最後に挨拶《あいさつ》もして、車に乗り込む。ヤッタ！　これで肩の荷が下りた。いろいろと大変だったのでね。

私が20年前に実家の一部を改装した時につけた玄関ドアのカギがないとセッセが言うので、うろおぼえの記憶を頼りに工務店をまわる。人に尋ねたりして代理店にたどり着き、20年前につけてもらった玄関ドアのカギを紛失したのだけどどうしたらいいかと聞いたら、鍵《かぎ》の部分だけを取り換えられるとのこと。その旨をセッセに伝える。こちらもホッとする。玄関にカギをかけずに内側から棒で支えて何年も使ってきたようだが、今回ドアを新しい家に移動したのでカギが必要だと思った模様。新しい家はまだ完成する様子がない。

今日の温泉は人が少なかった。

脱衣所でママさんと「いつ何が起こるかわからないから常に緊張感を持ってすごしてるの」という話をする。この話題はママさんとの定番の話題。

着圧パジャマ。ふわふわで薄いので、グイッとひっぱったらおしりの縫い目が破れてしまった！

2月21日（火）

いい天気。
午前中、連絡事項などの事務作業。それから炊飯器で作る干し芋作り。蒸したてあつあつのさつま芋を切って外に干す。

ふらふらと畑に出る。
このあいだ整理した剪定枝《せんていし》置き場の土が黒くて腐葉土みたいになっていたので少しふるいにかけてテミに入れて畑に持って行く。移動の途中、小さなミミズの子どもがたくさん動いているのが見えた。いやだ〜。どうしよう。やっと畑にミミズが少なくなったのに。これをまくのは嫌だなあ…と迷ったけどせっかくとったしと思い、畝にバラバラと振りまく。もうこれだけにしよう。

午後もゴロゴロしている。仕事しなければと思いながら、昨日、スーパーに行った時に出口で見つけたチラシをじっくりと見る。春のスイーツと駅弁の予約販売のチラシだ。スイーツはいらないけど駅弁は食べたいなあ。

九州新幹線の駅のがある。出水《いずみ》駅の「鉄道開業150年記念九州巡り旅弁当」。九州各地の名物を一堂に盛りつけました、だって。いいじゃん。博多《はかた》名物焼き鳥弁当もいい。有田《ありた》焼カレー(小)オリジナルの器に入れて、だって。これもいいね。空弁の富山のますの寿《す》し、九州4県の4種類の棒寿司もいいなあ。この5つを注文しようと心で決めて、ふと右の欄を見たら。「ご予約締切日2月19日」と書いてある。

なんと!

過ぎてるじゃん!

ガックリ…。でもいいか。別に。どれにしようかと考えただけでも味をいろいろ想像して楽しめたわ。それに当日販売も少しあるそうなので忘れてなかったら行ってみよう。ああ。時間をかけて熱心に見たので疲れた。

2月22日(水)

2023年2月22日と2の多い日だ。

今日は12時によよちゃんが来て、YouTubeの録音をして、それからランチへ。熱々のミートノースドリアを食べる。帰りに玄米ポンクッキー2種をテイクアウト。会計の時シェフが、私が着ていた「顔」トレーナーを見て何かを感じたようで「それ…」と聞いてくれたので「私が描きました」とうれしく答える。

梅を見ようと周囲をドライブ。でもこれといった梅がない。

そういえば去年きれいな梅に囲まれた民家があったよ！　と思い出してそこに行ったら、梅ではなく桃だったみたいでまだ枝だけだった。

2月23日（木）

将棋の朝日杯を見ていたら、サクから「バスが渋滞で遅れるかも」とラインが。今日の昼頃の飛行機で帰ってくる予定なのだった。

うーん。空港に着くのがギリギリで、間に合わないかもしれないという。私は、間に合わなかったときどうするかの対策を考えて準備する。キャンセル、次の便の予約、その方法など。

そして、ギリギリ間に合ったという報告が。ダメだと思っていたのでよかった。ホッとして将棋の続きを見る。

空港に迎えに行く。

帰ってからも将棋の続きを見る。藤井竜王が優勝したので夕方から気分よくシャンパンを飲み始め、楽しく夕食の準備をする。

帰りにうなぎ屋さんで買ってきたうなぎを細く切ってタレを絡ませ、錦糸《きんし》玉子をかけてひつまぶし風に。

食後、サクが部屋のマンガなどを整理整頓《せいとん》し始めたので私も段ボールを畳んだり包

装資材などを片づける。そのあいだもグラス片手に気分よくしゃべりながら作業していたらいつのまにか1本空けてしまってた。動いてると飲めるんだよね。

あのつぎはぎだらけでボロボロのパジャマを穿《は》いて廊下を歩いていたらサクが「やぶれてるよ」という。

「うん」

膝《ひざ》の裏あたりに15センチぐらいの大きな穴もあった。こんなの穿いてて驚いたかも。さすがにもう捨てよう。

2月24日（金）

今日は雨。
朝起きて、昨日は1本飲んでしまったとちょっと後悔。
朝ごはんを作って、サクが起きてくるのを待つ。
10時ごろに起きてきた。
「ご飯食べる？」と聞いたら、
「うーん。カレーは？」

「なに？」

「昨日、カレー食べに行ってテレビ買おうって」

「…覚えてない。カレー？　ああ、あそこか。やってるかな」とスマホを手に取る。

「やってるって。昨日調べてた」

「それも覚えてない」

しばらくして、

「サク。『コングレス未来学会議』って映画知ってる？」

「それも昨日聞いてたよ。テレビ買って、それ見ようって」

「覚えてない。でも話したいこと全部話してるね」

なにもかもすっかり忘れてる！　ああ。深酒はやめよう。

「昨日酔っぱらってたから」

「そうなんだ」

しかも人に気づかれないんだよね…。

さて、では、朝ごはんに作ったものをいったんしまって、カレーを食べに行く。

前にも食べた牛すじカレーとバターチキンカレーの合いがけ。マフィンをテイクアウト。食後、公園をドライブ。梅は咲いてるかな。少しだけあった。

次にヤマダデンキに行ってテレビを見る。今のテレビは13年前のもの。そろそろ買い替えようかなあと思いながらもきっかけがなくてそのままになっていた。

値段を見て、価格.comと比較する。店員さんに相談したら、結局同じぐらいだったのでここで買うことにした。やっと買えてよかった。


家に戻ってそれぞれにすごす。サクはひさしぶりに塊魂《かたまりだましい》でもしようと言ってやってた。

夕方、炭酸泉の極楽《ごくらく》温泉へ。サクはここの温泉は初めて。1時間後に売店で待ち合わせ。

10分も遅れて出てきたサク。

そのあいだ自家製梅ジュースを飲んでじりじりと待つ。

「ゆっくり入ったわ〜」と言いながらご満悦のサク。すごくよかったと言っていた。

それはよかった。

高速で途中の霧島《きりしま》SAに寄る。そこに辛麺《からめん》のお店があって、おじさん数名が汗と涙を拭《ふ》きながら静かに熱く食べていた。メニューの写真を見ただけでものすごく辛そうだ。スープが真っ赤。１００倍の辛さとかなんとか。

家に帰って、朝食用に作ったあれこれを食べる。お魚のつけ焼き、ソーセージ炒《いた》め、うなぎの残り、サラダなど。

昨日飲みすぎたので今日はお酒は飲まない。そしたら夕食後に眠くならず頭がスッキリ。あら、この方がいいか？

2月25日（土）

いい天気。洗濯して干す。

今日から王将戦、第5局。

朝食を食べながら見ていたらサクが起きてきた。今日の夜に帰る予定だけど、それまで宮崎《みやざき》市内まで行ってくると言って朝食後に車で出かけて行った。

私はずっと将棋観戦。今回の勝負も大事。羽生九段、藤井王将、どちらが勝つか。

夕方、帰ってきたので空港まで送る。車の中で宮崎でなにしてたか聞く。お昼はおぐらのチキン南蛮を食べたそう。お店に行ったら並んでいたのでテイクアウトして。ボリュームがあって、味はなじみのお店の方が好きって。

家に帰って、ハヤシライスを作る。

2月26日（日）

王将戦二日目、外はいい天気。ずっとコタツに入って将棋を見る。

畑に行ってかつお菜を採ってきて昼ご飯のお味噌汁《みそしる》を作る。

対局はすごい熱戦。夕方、また畑に行って小松菜、水菜などの緑の葉っぱを摘む。

夜はしゃぶしゃぶにしよう。

畑に近づいたら鳥がバタバタと飛んで行った。いつも食べに来てる、この鳥。キャベツやブロッコリーの葉がついばまれてボロボロ。ネットをかけても上手にその中に入り込んでる。

将棋は引き続き大熱戦。軽く飲みながら見ている時間が楽しい。つまみ…、おいしいつまみのレシピを見たりして。

2月27日（月）

昨日の将棋は熱戦の末に藤井王将の勝ちだった。第6局が楽しみ。

今日も仕事をしなければ。その前にガソリンを入れに行こう。

実は、いつも使ってるガソリンスタンドは1リットル171円なのだが、近くの小さなガソリンスタンドはそれよりも10円安い161円と看板が出ている。前にサウナで安いと聞いたガソリンスタンド。なのでどういう感じなのか確かめたくて、ガソリンがひとメモリしか残ってないし、行ってみる。

そこは郊外にある小さなお店。給油する機械がひとつしかない。場所がとても狭くて、建物にぶつからないようにドキドキしながら停止した。男性と母親らしき高齢のおばあさんのふたりでやっているようだ。

「カードは使えますか?」と聞いたら、「使えますけど4円高くなります」とのこと。どうしよう…。こういう時、判断力がなくなる。カードだとポイントがたまるけど、どっちがお得なのだろうか…。

「どっちがいいでしょうか?」とつぶやいたら、「それは現金でしょう」というので「じゃあ、現金で」。

満タンに入れて快調に出発。ついでにスーパーに買い物に行く。

鰯《いわし》があったのですごく迷った末に、先日見た鰯のパスタを作ろうと思い、買う。それと牛タンなど。


午後は仕事。

予定のところまで終わり、おつまみについて考える。昨日、つまみのレシピを見たあと、おいしいおつまみを売ってないかネットで調べてみた。

だいたいどれも似たようなものだわ。チーズのあれこれ、生干しホタルイカ、ひと口なんたら黒コショウ味、生ハム、ジャーキー、燻製《くんせい》、ナッツ、スルメ、貝、明太《めんたい》マヨちくわ、牛タン、炙《あぶ》りなんたらなど。

うーん。おいしいつまみって……。

前に、ものすごく臭い半生煮干しを乾燥させたらものすごくおいしくなって手が止まらなくなったけど、ああいうのをまた食べたいなあ。また半生煮干しがあったら買おう。うまみっこし、ああいう、なんか発酵とか、腐る手前とか、なんか……。天日干しとか、味を凝縮するとか……。

すごくおいしいものって貴重な素材に手間暇をかけて作るもの。もしかすると少量を自分で作るのか一番おいしいかもしれない。自分の好きな味を知って、それを引き出す、というふうに。おつまみ。自分でおいしいのをいろいろ作ってみたいという気持ちがわき起こってきた。

で、さっき牛タンを買ったのです。これに下味をつけて低温で焼いたらおいしいジャーキーができるかもと。さっそく塩コショウといしりをふりかけてビニール袋に入れてもみこむ。

それから、天気がいいので苺《いちご》の苗を買いに行く。3つ。市販の苺は農薬をたくさん使っているので自然なままの味を食べてみたいと思って、ひとつ去年の冬に買って植えたんだけど、ひとつでは少なかったかなと思ったので。

種売り場を見ていたらまた野菜の種をかってしまった。7袋。コーンや枝豆。

帰宅して苗を植え付ける。

それからさっきの牛タンをオーブンに入れて低温で調理する。

温泉に行って帰ってきたら牛タンジャーキーができていた。味見したらわりといける。食べやすい大きさに切って器に入れた。

夜は鰯と菜花のパスタ。まあまあか。鰯をオーブンでグリルしたんだけど、鰯そのものを私はあまり好きじゃないのかもなあ…。あるいはまだその味のよさをわかってないのかも。

2月28日（火）

今日も快晴。

仕事の日。ずっとぐずぐずしていて、お昼前になってやっと始める。

昨日のジャーキーをつまんで食べたらすごくおいしかった。止まらなくなりそう。

ううむ。やはり。

仕事を終えて、宅配便で送ってホッとする。

3月

3月1日（水）

読者の方から、つれづれノート㊷「マイ・ペース」の誤植を教えてもらいました。p261、朝びっしょり→汗びっしょり、でした。ありがとうございました。そして、すみません。

さて、3月になりました。新しい月はなんだかうれしい。

でも今日は確定申告書を作成する予定。なかなか取り掛かる気にならず、畑へ。草取りをした。いつのまにか大きく育っていた草たち。特に目立ったのが地面にぴったりと張りついて円形にのびている草。これは、月見草の一種ではないだろうか。畝にたくさん張りついているそれらを地際からカットして裏返す。

終わって眺めると、何かに似ている。何かを思い出す。

そうだ！　前にテレビで見た沖縄で大発生した珊瑚《さんご》を食い尽くすオニヒトデだ。オニヒトデがたくさん捕獲されていたが、あの風景に似ている。

午後は観念して会計ソフトを使って申告書の作成。

途中、「数字が合いません」という表示が出てしばらくパニック。どこかが初期設定の数字と違っていたらしい。頭をひねくりまわしてどうにかこうにかやり終える。

そしてネットで申告できるe-Taxに今年から挑戦する。

夕方、まだ途中だけど、コタツのまわりにいっぱいに広がった書類を慎重によけて外に出て、温泉へ。リフレッシュしなければ。

最近温泉に人が少ないけどどこかの旅館のレジオネラ菌騒動の影響か。サウナに入ったら常連さんが数名。ひとりが「花粉症でつらい」という。「私も」ともうひとり。

今日も自家製のおつまみ作り。冷蔵庫で忘れ去られていたちりめんじゃこにパルミジャーノ・レッジャーノチーズをかけてレンジでチン。黒胡椒《くろこしょう》をパラリ。おいしいチーズせんべい「ちりめんパルミジャーノ」の完成。

夜、申告書の続き。どうにかできて、ネットで送信する。

3月2日（木）

朝、昨日の申告書の間違いに気づいた。

会計ソフトが「二重に登録していませんか？　確認してください」という表示を出した。二重かも。でも、どうすればいいのかわからない…と思いながら作ったけど、やはり二重になっていたかも。急に心配になって税務署に電話した。若い職員さんがでて、そのことを話したら期限内なら修正申告すれば大丈夫とのこと。

よかった。すぐに修正してまた送る。よく見てみると、昨夜の送信はエラーになっていて送られていなかったみたいだった。よかった。でも、これもまた送られていなかったりして。確認したら大丈夫のようなのでとりあえずホッとする。

ううむ。疲れた。


屋根と洗濯物干し場の屋根のあいだに鳥が巣を作っているのかも。雨どい付近のコンクリートの床に鳥の糞《ふん》がたくさん落ちているのを見つけた。ただ止まり木にしているのか、巣があるのか…。

気になってサウナで話したら、水玉さんが「うちも前にそこに鳥が巣を作ったから針金をゆるくまとめてボールを作って、鳥が入らないように詰めたよ」という。

それいいね、と思い、私も脚立に乗って針金ボールを押し込んだ。高すぎて中が見えず、手もやっと届くか届かないか。すると針金ボールが小さすぎて全然ダメだった。力尽きてあきらめる。もしまだ続くようなら、いつかだれかに見てもらおうと思う。

温泉へ。今日も少ない。花粉症に悩む常連さん。顔が腫《は》れている。「今年はいつもの5倍、花粉が多いんだって」と伝え聞いた情報を教える。

本日の自家製おつまみは、じゃがいものスライスに自家製海苔《のり》の佃煮《つくだに》と辛子明太子《めんたいこ》をのせて、マヨネーズをかけてトースターで焼いたもの。なかなかおいしかった。冷蔵庫や冷凍庫の中で忘れ去られていた食材を使っておいしいおつまみを開発することが今のマイブーム。

メインは牡蠣《かき》のスパゲティ。

3月3日（金）

暖かい。

洗濯して、チワワの絵の毛布を陽に干す。

私もこの季節、たまにくしゃみが出るわ。

午前中は細かいいろいろ。これからの会計作業がより簡単になるように可能な限り工夫したい。ホント。普段から小刻みに、やれることはやっていこう。

事務作業を少しして、畑に出て草取りと夕食用の菜っぱ摘み。クリームシチューのおいしい作り方を見たのでそれに近いものを今あるもので作ってみよう。

夕方、温泉へ。

水玉さんのヘチマたわし事件。

水玉さんは2週間ほど前から大きなヘチマのたわしを使い始めた。それはあの水色シャツを私にくれたふくちゃんから2年前にもらったもので、すっかり忘れていたのを最近見つけて使い始めたもの。最初は硬くてガサガサしていたけどだんだん使っているうちに柔らかくなり、とてもいい感じになっていたそう。

そのヘチマたわしを、いつもお風呂《ふろ》の柱のすき間に入れて帰っていた。それが、昨日来たらなくなっていたという。

どこを捜しても、誰に聞いてもわからない。誰かが持って行ったのだろうか…。昨日、サウナでそのことをみんなで話し合った。

そして今日もまだなくて、ガッカリしている水玉さん。とてもショックを受けている。あんなのを持って行く人がいるなんて…と。

私は、「世の中にはいろんな人がいるからそんな人もいるよ。ヘチマって人によっては価値のあるものだよ」と言った。

そして、ヘチマをまたふくちゃんに作ってもらおうかと水玉さんが言う。ふくちゃんは自宅の鶏糞を肥料にしているから野菜がとてもよく育つそうだ。

「いいね。私、ヘチマの種をたくさん持ってるよ。去年、作ろうとしたけどうちの庭では全然育たなかったの」と私。

「たくさんできたら道の駅で売ろう。私が乾燥させる」

「だったら私、商品につける絵を描く！　ふくちゃんヘチマ！」

すぐに構想が浮かんだ。ヘチマを持った笑顔のふくちゃん。

「ついでにひょうたんも育ててもらおうかな…。私も今年育ててるけどうまく育たないような気がするから。そんなふくちゃんだったらうまくできそう」

そんな話で盛り上がった。

そして、水玉さんが出ていき、私がまだサウナにいたらひさしぶりのハタちゃんが入ってきた。

「ずいぶん久しぶりだね。どうしてたの？」と聞いたら、「最近身近な人が立て続けに4人亡くなって…」という。

さっき「激増する超過死亡」の動画を見たばかりだったので、えっ…と思う。年齢もさまざま、死因もさまざまとのこと。

と、そこへ水玉さんが入ってきた。手にヘチマを持ってる。

「あった」

「え？　どこに？」

「あきらめきれずに…柱のすき間に手を入れたら、奥にはいってた」

ぷふ。よかったね！

でもヘチマは作ってもらおう。

帰りに受付のノケミちゃんにひと通り話したら、「そのヘチマ、私も買います」と言っていた。


家に帰って、今日の工夫おつまみをつくる。干し柿チーズ、燻製《くんせい》ハム豆板醤《トウバンジャン》風味。

そしてクリームシチュー。作りたかったのは白菜のクリームシチューなんだけどうちの畑の白菜はうまく育たなかったので、花芽や小松菜、さまざまな緑の菜っ葉を使った。レシピとはほど遠い見た目だけどおいしくできた。

さっそくヘチマの種を袋に入れてイラストを貼りつける。


台所の床に細かい冷凍バジルの葉っぱが散ってしまったのでダイソンの掃除機で吸おうとしたら、どこかがしまっていませんと表示が出た。てっぺんのところが緩んでいたみたいで、カチリとしめる。

うん？

これは何だろう。

外して見ると、そこはフィルターで白いホコリが分厚く溜《た》まっていた。

なんと。ここの存在を知らなかったわ。改めて説明書を見て初めてわかったが、ここはたまに水で洗わなくてはならないらしい。3年半も知らなかったとは！　バジルを吸ってから、そのフィルターを取り外して水道で洗った。うう。明日《あした》、外に干そう。

3月4日（土）

明るい曇り。

昨日の掃除機のフィルターを洗って外に干す。3年半分のホコリよ、さらば。ついでに庭に出て他の部品も掃除する。外だとホコリが飛ぶのを気にしないでできる。

購入した藻玉10個が届いた。いい感じ。これをこれから時間をかけてつるつるになるように育てよう。

温泉に行く前に橋を渡って、川ばたにある小さな商店に寄ってみた。小さな集落に一軒だけの昔からあるお店。野菜やお肉やお魚などひと通りそろってる。パック分けされた量がひとりにはちょうどよく、少しだけ買いたいときに重宝する。カンパチのお刺身と切り身（250円と安い）、バラ肉を買った。柚子味噌《ゆずみそ》が直径3センチぐらいの小さなカップに入っていて、試食にどうぞと書いてある。自家製だって。「ひとついただきます」と手に取ったら、たくさん持って行っていいですよと言われたので4個もらった。うれしい。おばあさんと愛想のいい息子さんでやっている。

これからはほとんどここでいいかも。

3月5日（日）

晴れて暖かい。洗濯して、将棋を見る。今日は棋王戦の3局目。もし藤井竜王が勝てば6冠になるという大きな一局。

将棋を見ながらフォカッチャを作る。ネットで見た、白ワインを使うおしゃれなレシピで。

でも、全粒粉を使ったり、レシピ通り正確に作らなかったせいかとても堅いのができた。コメントに「堅くてボソボソのスコーンみたいになった」という人がいて私と同じだと思った。しょうがないので四角く切って一応保存する。

乾パンみたいに堅い。最終的にパン粉にするかも…。プロのおしゃれレシピでなく、簡単フォカッチャというのにすればよかった。次は簡単なのにしよう。

注文していた手作り味噌が届いた。明るい茶色の味噌。濃い色の味噌はあまり好きじゃないということが最近わかったので。味噌汁はいまだに研究中。

将棋は熱戦で、夕方になっても五分五分。解説者にもわからないとのこと。

庭のヤブカンゾウ。オレンジ色の花が夏に咲く。あまり好きじゃない花。でも、その新芽とつぼみが食べられると去年知って、今年の新芽を待っていた。そうしたら、今朝、見つけた。さっそくいくつか採って茹《ゆ》でる。昨日もらった柚子味噌をつけて食べたらすごくおいしかった。シャキシャキして、くせのないネギみたいな感じだ。夏のつぼみも楽しみ。つぼみはアスパラみたいな味なんだって。

将棋はすごい長手数の末、渡辺棋王の勝ち。どちらが勝つかわからない緊迫した場面が続いた。苦しい中にも終盤に藤井竜王に勝ち目があったのに逃してしまい、久々に頭ガクリが出た。何回も。ほっぺたも打っていた。2回も。

3月6日（月）

今週はずっと暖かいそう。

ゴミ出しして、朝食。シチューを温めて昨日のフォカッチャを2切れ。ふわふわフォカッチャだと思わずに表面がクッキーのフォカッチャだと思うと食べられる。

今日は何しよう。いいお天気。

庭と畑の作業をたくさんしようかな。

入り口近くの小さな花壇をクラマゴケが覆ってしまった。けっこうきれいなので残しておいたらいつのまにか。前に植えた花はもうほとんど見えない。こうなったらもう全部抜いてしまおう。

時間をかけてコツコツ根っこから取る。

見えるものはほぼ抜いた。次にホームセンターに行って花の苗や球根、種をみたけど欲しい花はなかった。丈の低い花が欲しかったのだが。来年、球根を植えようか。

温泉にいったらふくちゃんがきた！

ヘチマの話をしたら、「育てる場所がないわ〜」と。あら〜残念。でも苗立てをしてくれるというので種を渡す。ついでにひょうたんの種も。

3月7日（火）

今日はガレージの道具置き場を整理する予定。

使ってない細い棚をテーブルの上にのせて種置き場を作りたい。菜っ葉類、大根類、トマトなど、ひと目でパッとわかるような種コーナーを。

藻玉をココナッツオイルで磨いて毎日かたわらに置いてなでている。かなりつるつるるピカピカになってきた。ベッドとお布団も見繕った。私の藻玉もいっしょに寝ている。


種置き場を作った。

最初、100均に行って種の袋の幅ぐらいの大きさの小さな入れ物をたくさん買って来ようかなと思ったけど、買うのもなんだかな…と思い始め、工夫して作れないかとガレージの棚を見回した。棚の上に木の棒がいくつかあった。あれを並べてそのすき間にずらりと並べたらいいかも。

で、できました。いい感じ。だいたいひと目でわかる。

育苗用の土を買ってきたのでこれからゆっくり苗立てをしよう。苦手な苗立て。

サウナでふくちゃんが「きょうヘチマの種をポットに（旦那《だんな》が）蒔《ま》いとったわ」と

言っていたので楽しみ（その後、苗はうまく育たなかったようで、かわりに新しいヘチマの種をくれた…）。

3月8日（水）

注文した手作り味噌でみそ汁を作って食べたけど、入っていたビニール袋の匂いがすごく変な匂いで、味噌も糠《ぬか》っぽい匂いと味だった。
調べたら、塩分、水分、空気、温度のどれかが原因で産膜酵母というのが繁殖しているみたい。塩を混ぜて天地返ししてしばらく置いておくことにする。

今日もすごく暖かい。将棋の順位戦のプレーオフ。
チラチラ見ながら家の中の作業。時々外に出て、庭を散歩。
庭の片隅に球根をたくさん埋め込んだコーナーを作った。少しずつ花が咲き始めたけど妙にしょぼい。高さが15センチぐらいの小ぶりの花を多く集めたせいか、それとも発育不良か。

定期的に届いていたクレジットカードの情報誌が今月で終了するという。今後はデジタルで配信だそう。経費削減だろうか。毎回特集記事の海外のきれいな景色を楽しみに見ていたのでとても残念。

前回のショコラ＆シャンパーニュに続き、今回もチラシが同封されていた。今度は日本未入荷の最高級・辛口プレミアムスパークリングワイン3本セットだ。

むむ。

じっくりと見たけど、今度はよさそう。このあいだのはチョコレートがネックだった。チョコレートはそんなに好きってわけじゃないから。

値段も9240円だし、どうせどこかで買うのだからこれ頼もうかなあ。今度は乗り気。そして、月にこの3本以外は地元の焼酎《しょうちゅう》を軽く飲む、ということにしたらとてもいい気がする。

3月9日（木）

ひさしぶりの雨。ずっと天気がよかったので不思議な気分だ。

今日は終日雨という予報。家で何しよう。

廊下の段ボール箱の中身を整理したらスッキリとなった。その姿が気持ちよくてしばらく眺める。

買い物にちょこっと行って日用品を補充。油を固めるやつを買い忘れた。残った天ぷら油を固めて薪《まき》の点火剤を作るつもりだったのだが。

温泉のサウナで手作り味噌《みそ》の糠の匂いのことを話す。ツツガムシに刺されて九死に一生を得たあの人先輩もいたので味噌の作り方をざっと教えてもらった。自分で作ってみようかなあ。

家に帰ってWBCの野球の試合をチラチラ見る。


スパークリングワインセットを申し込もうとして、そうそうあのショコラ&シャンパーニュのチラシ、どこだっけ、と思い出す。

あったあった。ノートの下に置いてあった。それをふたたび見ていたら、これも注文しようかなあ…という気になってきた。前にキャンセルした理由は、定期的に来るのが嫌、チョコレートはそれほど食べたくない、だったが、今はあまり抵抗がない。

もう一日だけ考えよう。

3月10日（金）

今日はまよちゃんと動画「言葉とそれが示すもの」のためのスピリチュアルな神社ツアー。霧島岑神社《きりしまみねじんじゃ》、霧島東神社《きりしまひがしじんじゃ》、ランチ、霞《かすみ》神社、とまわる。

天気がよく気温も高い。暑くなると予想して半袖《はんそで》で来たら神社の多くは山の上にあるので思ったよりも涼しかった。

それぞれの神社で思ったことをのんびり話す。

リンゴあめのお店に行きと帰りに2回も行った。

今日はどこもさわやかで楽しかった。次は生駒《いこま》高原で、とまよちゃん。

家に戻って温泉へ。サウナでは水玉さんが「今日はサウナの温度が高すぎる」とぐったりしていた。

脱衣所で、髪の毛をまとめる輪ゴムがないことに気づく。「あ、お風呂場《ふろば》に忘れた」と捜しに行ったけど、ない。流してしまったのかも。ボロボロになっているけど愛用していた髪ゴム。むむ。

夜、私はついに、最高級スパークリングワイン3本セットとショコラ&シャンパーニュの申し込みを行う。きゃあ〜。

3月11日（土）

将棋の王将戦、第6局一日目。

対局に間に合うように朝ごはんを作るため、朝霧の中、畑へ。

今現在、食べられるものは少ない。いろいろな菜っ葉類の花芽ぐらいだ。ちょんちょんと摘む。小さな茎ブロッコリーも。


近ごろ、研究中のみそ汁。

出汁《だし》は、いりこ、厚削りかつおぶし、干し椎茸《しいたけ》、昆布などをポットに入れて水出しにしている。これは簡単なので。


昼間は将棋を見ながらきのうの神社ツアーの動画の編集作業。将棋の内容は難しく、あまりわからなかった。明日《あした》になったらどちらかが勝っている。

夜はＷＢＣのチェコ戦を見ながらのんびり。

そうそう。明日テレビの設置に行きますという電話があった。新しいテレビ。どんな感想を抱くだろうか。

3月12日（日）

王将戦、二日目。

今日はとても暑い。

今朝も花芽を採りにいく。いろいろな野菜の花芽をボウル一杯採って、塩コショウでソテーする。

友だちの庭でできたサワーポメロを3個もらったので、将棋を見ながらピールを作る。昨日の夜に2度煮てゆでこぼし、ひと晩水に浸《つ》けていたのを、砂糖で煮込んで細切りにしてグラニュー糖をつけてキッチンペーパーの上に並べて乾かした。

午後、テレビが来た。前のよりも画面が大きくなったので威圧感があるかなと思ったらそうでもなくてよかった。縁がないからだ。

将棋は藤井王将の勝ち。王将防衛。

3月13日（月）

今日はトレイに種を蒔《ま》いて苗立てをするつもりだけど、朝方やけに寒かった。あまり寒いとやる気にならない。昼までにあたたかくなったらやろう。

コタツの脇の床に置いているショコラ&シャンパーニュのチラシが目に入った。とっても楽しみ…。長く考え抜いて決めたので心に迷いがない。来たらじっくり味わおう。

結局、暖かくならなかったので今日の外仕事は延期した。

お昼前、お腹が空《す》いている状態で買い物に。近頃私が好きなのは、隣の町の野菜販売所。ここは素朴で好き。

お腹が空いていたのでいつもは買わないようなものもたくさん買ってしまった。お弁当、しんこ団子、焼き芋、いちご、キャベツ、菊芋、新玉ねぎ、ハチミツ。

庭の利休梅《りきゅうばい》が咲きはじめた。花びらは白くて中心部が黄緑色できれい。東側のゆきやなぎも咲いている。西と北のゆきやなぎはまだつぼみ。

温泉へ。

帰り、駐車場から出る時におとしたくさんもらった八朔《はっさく》の木をチラッと見たら、あ、剪定《せんてい》されてる。しかもかなりバッサリ。半分ぐらいになってる。

おととしは大豊作で30個以上はいただいた。去年はその反動か、まったく花が咲かなかった。この様子だと今年はどうだろう。

3月14日（火）

今日は昨日よりも暖かそう。今日こそトレイに種を蒔こう。春菊、レタス、かぶ。

まず、その前に畑に行っていくつかの作業をする。

里芋の残り3つを植える。去年の秋にとれたじゃがいもを種イモとして植える。赤いのと黄色いの。黄色い「ながさき黄金《こがね》」は小さくて直径4センチぐらいしかないけど大丈夫かなあ。赤いのは数ミリの芽が出てる。「ながさき黄金」は1ミリの点みたいな芽が出てる。

それから昨日買って食べた菊芋の残りを4個だけ植える。これはあまりたくさんなくていい。というのも形がゴボゴボで調理しにくいから。少量を大事に食べよう。

次に、細長い畝の真ん中をスコップで切って通路を作る。今まで通路がなくて不便だった。


あ、アスパラが出てる！

細いのがひょろ〜っと20センチぐらい。初アスパラだ。また花芽をいろいろ摘んで、畑の作業はここまで。

午後、ガレージで種まき。少量を丁寧に育てることにしたので8粒ずつトレイに蒔く。

サウナに久しぶりのミニママがいた。

ここしばらくロウリュウのある温泉に行っていたそう。ロウリュウってなんだっけ…、あ、蒸気の！

細〜い初アスパラ、ソテーして食べました。

3月15日（水）

畑に行ったら　昨日作った通路を横切るようにもぐらの穴が盛り上がっていた。

そして先日、水玉さんがもぐら除《よ》けのために穴の上で焚火《たきび》をしたと話していたことを思い出した。私も燃やそう。トコトコと家に戻り、新聞紙、マッチ、モグラ除けのタールをもってきた。新聞紙を小さく裂いて、タールをたらして、マッチで火をつけて穴に入れて、土でふさぐ。匂いを嫌がって遠くに逃げてくれたらいいが。

そのあともいくつかの穴を見つけたので、結局6カ所ほど煙を入れた。

仕事した感を覚えつつ、家に帰る。

午後は庭のシダ撲滅作戦の続き。北側の木の下のシダを抜く。これから新芽が出て

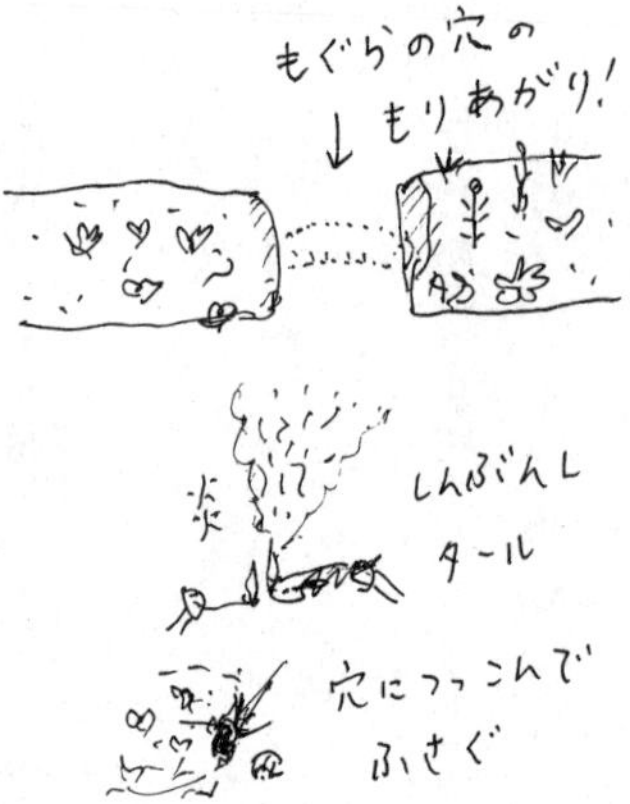

くるたびにチョコチョコ引き抜くつもり。絶えずそうやっていたらいつかはなくなるだろう。

味噌《みそ》作りのための大豆を買おうとしたら近くのお店にはなかった。探すのが面倒なのでネットで買おうかな…といろいろ見る。うーん。どれがいいのか。

一応、ひとつ選んでカートに入れる。

先日乾燥米麹《こめこうじ》を買ったけど、生の米麹も売ってるんだ。知らなかったわ。残念。生の方がよかったなあ…。生の麹がほしいなあ。どうしよう。

すると、画面の下に三角ミトンの画像を見つけた。三角形のミトン。指先だけ入れてサッと使える。うちに今あるミトンは手袋型なので使うのに不便だと思っていた。三角ミトン、買おうかなあ…。どれがいいかなあ。いろいろ見たけど、どれも、どうも買う気になれない。ただあのストウブ鍋《なべ》の鉄のつまみをつかめればいいんだけど。

結局選べずに、そうだ！　とクロゼット部屋に行って、ミニハンカチの引き出しを開けた。そこから2枚取り出して、とりあえずしばらくこれを使ってみよう。

大豆はどうしよう。あの糠《ぬか》の匂いのする手作り味噌を開けてみた。匂いを嗅《か》ぐと、前よりもよくなってる気がする。もしかすると回復するかも。

もうしばらく様子を見ようと思い、大豆を買うのはやめた。

夕方、温泉へ。その前に川ばたの商店へ。お刺身を3種類。ここのお刺身パックにはツマがついてないからいい。少量の鯛《たい》、マグロ、イカ。アジの開き。

サウナでハタちゃんに、「あ〜、つまんない。な〜んにも楽しみがない」とぼやく。

「私もよ」とハタちゃん。

「でも、ここ数カ月は大きな事件も悩みもないからいいかな」と言ったら、「そうよ。悩みごとがあるよりいいわよ」。

ハタちゃんはいつもサッパリしてて、あっけらかんとしている。そこがいい。

3月16日（木）

今日は晴れのち曇りで明日《あした》からお天気が崩れるという予報。なのでまたまよちゃんを誘って神社めぐりに行く計画だ。

でも朝起きたらかなりの青空。うん？　思いのほか天気いいな。

洗濯してから行こう。

洗濯して、干して、昨日買ったアジの開きにひと手間かけたらおいしそうだと思い、麹パウダーとお塩をふりかけて天日干しする。

水も持って、よし、出発。霧島神宮とその周辺。

まずえびの高原に立ち寄る。肌寒い。硫黄山《いおうやま》の噴煙を眺める。地面には枯れた草の薄茶色が広がっている。

と、そこで立山《たてやま》さんとバッタリ。私の家を建ててくれた現場監督の。あら！　と驚いたら、ここの新築されたトイレを作ったのだそう。とてもきれいだと評判のトイレ。

それから霧島神宮へ。今日はその奥にある山神社《やまじんじゃ》に行くのが目的。山神社って名前がなんかよさそう…と思い。

行ったら、とても静かでよかったけど、ふたつに折って願い事を書くというお札がちょっと観光っぽかった。でもお社は小さくて素朴でいい感じだった。

そこからゴトゴトした石段を下りて、性空上人《しょうくう》のお墓、鎮守《ちんじゅ》神社、川の中にある若《わか》宮《みや》神社を見る。この3つがこぢんまりしていてとてもよかった。あたりにはひとっこひとりいなかった。

お昼を食べようと思ったうなぎ屋さんが臨時休業でガックリ。近くの癖の強いカフェでプレートランチを食べてから霧島川の柱状節理を見る。黒っぽくてよくある感じ。

夜。アジの開きを焼いて食べたら、なんか変な味。酸化しているような…。アジの開きは小ぶりで薄いのが好きだけど、これは大きくて身が厚い。もしかすると大きいのは好きじゃないかも。これからは小さめのを買うことにしよう。

3月17日（金）

今日はあの駅弁フェア。朝早く買いに行く。
当日販売のがいろいろあった。迷って、結局5つも買ってしまった。カツサンド、博多名物焼き鳥弁当、九州巡り旅弁当、有田焼カレー、4種の棒寿司《ぼうずし》。勢いづいて豆乳バターサンドとクリームチーズケーキまで。買いすぎたか。
お昼はさっそくカツサンドを食べる。

お天気が悪いので家で映画を見る。
数年前のタイの洞窟《どうくつ》に閉じ込められた少年たちを救出した事件のドキュメンタリー映画『13人の命』とハイジャック映画「7500」。どちらも緊迫した内容だったので見ているこっちらも苦しかった。

夜はお弁当ふたつ。焼き鳥弁当がおいしかった。でも、味が濃かったようで、夜中にとても喉《のど》が渇いた。

3月18日（土）

今日は特にやらなきゃいけないことのない、のんびりデイ。外も曇っているのでだらだらすごそう。

さっき「ほとり」の録音をしていて、つくづく人間っておもしろいなあと思った。なんでそういう気持ちになったかと言うと、チャットGPTやこれから続くであろうその進化版の話をしていて、AIが子供の教育や老人の会話相手など人間の役割をたくさんしてくれそう…、私もこれからの技術の進歩にやがてついていけなくなって、どんどん世間と乖離《かいり》していくかも。そのことをうれしいとも悲しいとも思わないけど、その時自分が不幸だとは思いたくない。なので、今、自分の身の回りの生活空間を自分でできることで、自分の手で、自分の心地よいものに作りあげること、作り続けることが大切だと感じた。そのために、さあ、シダ撲滅作戦や春の種まきをコツコツやろう！　やらなくては！

なのになぜかぐずぐずしていて、のばしのばし、映画見たり、お弁当食べたり。ついつい怠けたり、ムダなことをしている。

このムダが多いってところ。ここが人間のおもしろいところだよね～。

他の生き物には見られない。命をつなぐためのこと以外のことをこんなにたくさんしているのは地球上の生き物の中では人類だけではないだろうか。

人っておもしろい…、すっごく。

と、思ったのです。


有田焼カレー、おいしかった。有田焼の器も何かに使おう。


カメラを持って温泉へ。

途中の河原に黄色い菜の花が咲いていて、それをいつも遠くから見ていたのでいつかは写真を撮りたいと思っていた。今日だ。今日こそ。

で、堤防から写真を撮る。

すると、ああ、やっぱり。カメラが壊れてる。露出がおかしい。暗く写る。しばらく前からこうだった。これももう寿命かも。


温泉の回数券が4月から1・5倍に値上がりする。燃料代も高騰しているしね。

ひとり2カ月分まで買いだめできるそう。みんなの話題もそのことでもちきり。来る回数を減らそうかな…と言ってる人もいた。夏は1日おきにしようかなって。

3月19日（日）

今日はいい天気。棋王戦の第4局だ。場所は鬼怒川《きぬがわ》。

仕事をしながら将棋観戦。時々庭に出て草木の伸び具合を見る。種を蒔《ま》いたトレイを見るとかぶの小さな芽が出かかっていた。

将棋は夕方になっても五分五分。渡辺棋王の後ろ頭のかわいい出っぱりも見た。

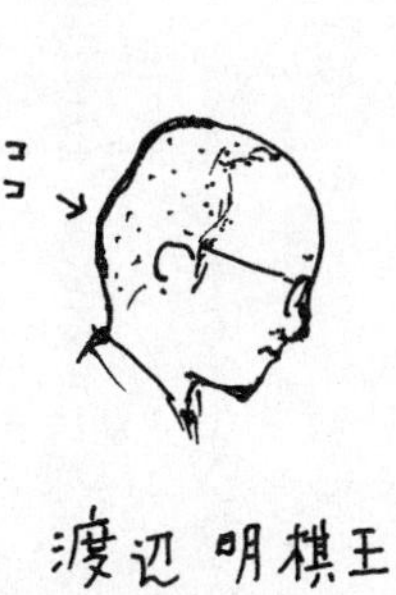

藤井竜王の勝ち。棋王のタイトル奪取で最年少六冠。

3月20日（月）

今日から歯の定期検査とクリーニング。久しぶりのスパルタ先生。レントゲンを撮ってから歯石を取る。先生、ろっ骨を折ったそうで声が小さかった。「何か原因があったんですか?」と聞いたら、「わからない」とのこと。まあ。

今回は前よりも成績が悪かった。歯石もついていたし、歯周病菌が増えていて動きも活発だった。しかも卵のコロニーがたくさんあるという。「どれですか?」と画像を見せてもらう。きゃあ〜。

歯磨きは毎日20分〜30分ぐらいやってたけど、方法がよくなかったかもしれない。適当にガシガシ動かしすぎた。細かく、やさしくやらなければ。アドバイスを聞いて気合を入れ直す。

次の予約を入れて帰る。クリーニングは全部で3回。

午後から曇ってきたので家で作業。今週はずっと天気が悪いみたいなので家でのんびりしよう。

シール大好き。

お酒の納品書がぶ厚い。よく見ると全面シールだ。うふふと思いながらピーッと剥《は》がす。どこかに貼りつけたいなあ。

いらない紙はないか…。きょろきょろあたりを見回して、発見。もういらない駅弁のチラシに貼りつけた。

シール、ペタリ。くっつく。大判。気持ちいい。

そして温泉へ。

今日も人が少ない。のんびりつかって、車で帰る。
帰る車の中で即興の歌が口から出た。
ふつう、ふつう、ふつう〜、まいにち、ふつう〜、という歌だった。

ふつう〜
ふつう
ふつう〜
なんにも いいこと
ない〜

たのしいこと、ない〜

ふつう〜 ふつう〜
ふつう〜 まいにち ふつう〜

びっくりするほどのことが
ない〜
きのうも 今日もふつう〜
まいにち、ふ・つ・う〜
ふつうー ふつうー

3月21日（火）

春分の日で休日。外は雨。家の中ではWBC、メキシコ戦。
畑に野菜を採りに行く。アスパラ2本、超ミニミニカリフラワー、キャベツの花芽、ルッコラの花など。ふと見ると、じゃがいもの畝がもぐらの穴でボコボコに。すごい。こっちに大爆走か。

このあいだの剪定《せんてい》でやってもらってとてもよかったなと思うことがある。それはヒトツバの木にからみついていたツタを地際で切ってもらったこと。そのツタの葉が枯れ始めてわかったのだが、ツタが木の幹を網のようにぎゅうぎゅうに締めつけている。あのまま放っといたらヒトツバはいつか枯れてしまうのだそう。
葉が枯れ始めて姿を現したヒトツバの幹を見上げて、うわあ〜と思った。

メキシコ戦、サヨナラヒットで大逆転勝利。バケツいっぱいのスポーツドリンクを佐々木《ささき》投手らにかけられる村上《むらかみ》選手の映像がおもしろくて、10回以上も繰り返し見てしまった。

夜は本当に久しぶりに巻かないミルフィーユ風ロールキャベツを作る。おいしくできた。

3月22日（水）

WBCの決勝戦を見る。アメリカに勝つのは難しいと思っていたので静かに見ていたら、勝ったので大興奮。勝利の瞬間、思わず飛び上がってしまった。

午後は気が抜けて、庭の彼岸花の繁殖しすぎた球根を抜く。10カ所ぐらいあった塊のうちの半分ぐらいを抜いた。ゴミ袋2つ分になった。

途中、庭を歩いていたら足元に何かを発見。

うわっ。

ヘビだった。草の上にヘビがとぐろを巻いていた。じっとしている。日向《ひなた》ぼっこだろうか。あまりにも静かにしているのでしばらく観察した。とぐろを巻くとはこれか。よくイラストで見るように山みたいに盛り上がっているのかと思ったら平らだった。

畑を見に行ったら今日ももぐらの穴でボコボコ。畝のあいだを歩く時あちこちで足がふわっと沈んだ。で

ももぐらの穴も悪いことばかりじゃないんだって。地面をほぐしてくれるしね。気の滞ってるところを掘ってくれますと言ってる人もいた。

温泉は今日も人が少なかった。熱いサウナに「今日は熱いね〜」と言いながら入る。

外では桜がチラホラ咲き始めてる。

3月23日（木）

おとといの21日は一粒万倍日《いちりゅうまんばいび》、天赦日《てんしゃにち》、寅《とら》の日が重なった何かを始めるにはとてもいい日だったそう。私はそのことを知っていたけど特に何もしなかった。でもそれを意識して新しい門出をした人もけっこう多かったみたい。そのことを朝の布団の中でハッと思い出し飛び起きる。そして手帳を見に行った。

おととい私は何をした？

野球を見たぐらいでたいして何もしてないなあ。なんだ残念。大発展の可能性があったのに。まあいいか。発展したいことって考えてみると特にないしね。

今日は雨。

外は薄暗い。

お昼は畑の青菜たっぷりお蕎麦《そば》。

ヒマだったので服の部屋に行って引き出しをチェックする。靴下の引き出しとパンツの引き出しを開けてきれいに並べ直した。箱を探して容《い》れ物にしたりして。

夜。2階に上がることはあまりないけどパッキング用品を取りに上がった。ついでに吹き抜けのまわりを手すりを持って一周する。木製の手すりに手をスースーすべらせて歩いていたら、柔らかい輪ゴムみたいなものがチョロチョロと触れた。

なに？　もしや！

やっぱり…。ヤモリだった。ミニの。ついに今年もヤモリが登場。

最近凝ってるチーズのおつまみ。できたてを急速冷凍していたのを忘れて冷凍庫の中に！

3月24日（金）

先日の歯医者でマウスピースを最近やってないと言えずに、「たまに忘れます」とだけ言った。すると先生が嚙《か》み合わせを見て違和感を覚えたようで「右向きに寝ないでください」とおっしゃった。

あら。気づかれたか。で、昨夜は久しぶりにマウスピースをして寝た。すると朝起きて顎《あご》が軽いように感じた。噛みしめてなかったのかも。またつけようかなと思った。

曇りで時おり雨がポツポツ。

ヒマ…。何もすることがない。したいこともない。

2〜3時間コタツでゴロゴロしていたけどそれにも飽きて、郵便を出すついでにコメリに土でも買いに行くか〜と立ち上がる。庭の手入れの時に土がいるなと思っていたのだ。草取りや木の移植でだんだん土が減っていくので。ついでに花の苗があったら買ってこよう。

ブーッと車を走らせる。郵便を出して、それでもまだどうしようかと迷う。コメリまで15分もかかる。面倒くさい気持ちもある。

でも、家に帰ってもなあ。のろのろした気持ちで、行くことにした。

10ℓ入りの「花と野菜の土」を10袋。一袋118円と安い。あ、あんまり安い土は買ったらいけないと誰かがいってた。でも庭だからいいか…。

花の苗もこれといった花はなく、どこでもよく見かける園芸種の花はあんまり好きじゃないしなあ。時間をかけて迷いながら選んで、6鉢買った。ムラサキハナナが欲しいんだけど、それはなかった。

帰りにお昼用のパンでも買おう。

途中にある柔らかいパンしかない小さなパン屋さんにしよう。そこでパニーニを買おう。

中に入って、パニーニとおやきパンを注文した。するとちょうど今、焼きたてのパニーニが出来ましたという。焼きたての方にしましょうかといわれて、「はい」と答える。

こちらも焼きたてのクリームパンを見ながらしばらく待つ。ぷくんと膨らんでて、テカテカ香ばしく色づいてる。このクリームパン、おいしそう。これも買おうか、どうしようか、とすごく悩む。どうしよう、どうしよう。食後のおやつにいいかも。でもそうなるとパンを3個も食べることになる。でもとってもおいしそう。

そこへ、焼きたてのパニーニが運ばれてきた。うーん。クリームパンは、今日はいいや。心残りだが。

「焼きたてなので袋を開けておきますね」

「はい」

車に戻って、白い紙の袋に入れられたパニーニと薄いビニール袋に包まれたおやきパンが入ったビニール袋を助手席に置く。

車を走らせていたら、前の信号がもうすぐ赤に変わりそうだった。行こうかどうしようかと迷って、結局止まることにした。ブレーキを踏む。

するとー

助手席に置いてあったビニール袋の中からパニーニの入った白い袋がスルーッと飛んで、前の床にポトン。しかも袋が開いていたのでパニーニがすべり出し、5センチほど床に触れているではないか。

キャア〜！

あわてて拾ったけど、…悲しい。前に炭酸温泉の緑色のおにぎりが同じようにすべり落ちて、床にコロリと転がったのを思い出した。

しょんぼり。

食べ物が床にヘルッと落ちること、よくあるなあ私。見た目は汚れてなかったけど、気持ちが悲しい。残念。

家に帰って、お湯を沸かしてアールグレイティーを淹《い》れる。パニーニはおいしかった。落っこちなかったらもっとよかったけどなあ。

畑を見回り。今日ももぐらの穴がたくさん。

小さいカリフラワーを収穫する。4センチぐらいの。これは苗を買って植えたもので、6本植えた。でもそのうちの3つはカリフラワーの白い部分が茶色く腐ってしまった。どうしてなのかわからない。残りはあとひとつ。でもそれはとても小さいので無事に育つかどうか。

温泉へ。

4月から料金が値上がりすることでまた人が少なくなってつぶれたらどうしよう…とサウナで話す。この町にたくさんあった温泉もどんどんなくなっていき、今では数件の温泉宿が残るのみ。できるだけ長くここが存在しますように…。

夜は牡蠣《かき》とホタテのスパゲティ。おいしそうな動画を見たので真似して作ってみたけど正確に同じには作らなかったので中途半端な味になってしまった。

3月25日（土）

今日は一日中曇りの予報。地面は雨で濡《ぬ》れているので庭も畑も作業できない。ヒマだ。また花の苗でも買いに行こうかな…。面倒くさいか。

そういえば、先日、心の中でククと笑ったことがあった。ピンちゃんちに寄って庭を見せてもらった時、「奥の方にアナグマと雑草対策のために石を入れたの」というので見てみると、除草シートが長々と敷かれ、その上に白い玉石がぶちまかれていた。

あら、台無し……。庭先輩には黙っておこう。いや、おもしろいから今度話そうかな。だいたい私は不思議だったのだ。ピンちゃんって庭作りに興味ありそうに見えなかったので。このあいだも「私はこんな花壇が理想！」と言うので見たら、花壇の中に等間隔に花が植えられていて、草が生えないようにそのあいだにバークチップみたいなのが敷き詰められていた。ショッピングセンターの植え込みによくあるような花壇。

へえ～、なるほどねと思った私。

で、この玉石ぶちまけ。おかしくてニヤニヤしてしまったわ。

なんか、思い出したら急に誘いたくなってきた。一緒に花の苗を買いに行かないかな。

電話してみた。

「今日忙しい？　一緒に花の苗を買いに行かない？」

電話のむこうで犬がワンワン吠《ほ》えている。

「花の苗を見る会？　そんなのあるの？　いいよ～」

違う違う。11時に迎えに行くことになった。楽しみ～。

大きな声で吠えていたわんちゃん。愛犬のシェットランドシープドッグ、マリオくん。車が苦手で、通るたびに吠えて、散歩もなかなかスムーズにできないそう。でも家族の一員としてとてもかわいがっている。「名前はどうやって決めたの？」と聞いたら、「姓名判断で」。

「どんな運勢？」

「大器晩成なんだって」

車でピックアップして、いろいろと近況を話しながら丘の上のかわいいお花屋さんへ。いろいろ見て、結局一鉢80円のヤグルマギクを6鉢購入。

お昼でも食べる？と近くの自宅開放カフェへ。私はカツカレー。カツなんて食べるのひさしぶり。カレーに惹《ひ》かれてつい。でもちょっとボリュームがありすぎた。苦しかった。

3月26日（日）

朝、急に庭先輩と花の苗を買いに行くことになった。曇り空の下、桜があちこちできれいに咲き始めてる。7分咲きくらいかな。

宮崎市郊外にある小さな感じのいいお店で常緑の香りのいいクレマチスとピンクのラナンキュラスを買う。

帰る途中で天むす弁当と苺《いちご》大福を買って、庭先輩の家で食べる。お腹ペコペコだった。それから庭をじっくり見せてもらう。いろいろな創作物が増えていた。クヌギ林のところに新しい世界が広がりかけている。

ムラサキハナナふたつ、ニゲラ、小ぶりのヤグルマギクをもらった。

また来月、なにわいばらが咲いたら見にくるねと言って帰る。

途中、またりんごあめを買う。日曜日なので人が並んでた。りんごあめ2種類とトマトあめひとつ。ミルクバターパウダー味の方をフォークで刺してパクパク食べながら帰る。

3月27日（月）

ひさしぶりの快晴。

庭に昨日の花の苗を全部植える。それからドクダミを抜く。たくさんあるので少しずつやっていこう。

午後は畑で草刈り。モグラの穴が縦横無尽に走っていたので畝の上を足で踏んで歩いたらフワフワと足が沈んだ。

気づいたらもう夕方で、あわてて温泉へ。

3月28日（火）

畑で作業。庭から移植したレモンの枝の先が黒く変色していた。一部、枯れている。どうしてだろう。残りが生きればいいけど。

いちじくの木も、枝が1本枯れていた。誘引が強すぎたよう。あわてて紐《ひも》を取って自由にさせる。

頑張りすぎたのか自分、すこし鼻血が出ていた。

庭の草取りをしていたら先日見た場所の近くにまたヘビがいた。この辺に巣があるのだろうか。表面がてらてらしていた。

サウナで水玉さんに「私は今、ヤモリとヘビと3人暮らしなの」と話したら、「ゾゾッとする」って。ヘビはビーちゃんと名づけた。

3月29日（水）

午前中は庭の手入れ。ビーちゃんはいるかと見たら、朝方はいなかったけど昼頃になったらいた。よしよし。

ポットに野菜の種を蒔《ま》く。なす、トマト、ピーマンなど。少量ずつ小分けにやっていこう。去年はどうにかできたけど、今年はうまく育つだろうか、いつも種を蒔くときは不安に思う。

今日食べられる野菜。小さな玉ねぎ、ネギ、アスパラ、かつお菜、茎ブロッコリー、花芽、フェンネル。フェンネルはオリーブオイルをかけてオーブンでパリッと焼いたらおいしいことがわかった。前に何かをオーブンに入れてフェンネルを上にのせて焼いた時、その何かは焦げてしまったんだけどフェンネルは少しだけ生き残っていて、それを食べた時にパリパリしておいしかったという記憶から。

水玉さんが毎日庭の生垣の剪定《せんてい》をしているというのでお風呂《ふろ》の前に寄ってみた。「作業着で来て」と言っていたので作業着で。家の場所がわからなくて、この辺だよなあ…とウロウロしていたらちょうど帰ってきた。剪定した枝を美化センターに運んでいたそう。作業はもう終わっていたので、畑を見せてもらってからムスカリの球根を少し分けてもらう。いったん家に戻ってムスカリを植えてから温泉へ。

連日の作業でクタクタ。夜はすぐに眠くなる。これが本当にいい。

3月30日（木）

今日も引き続き外の作業をしようと思ったら意外と寒かった。なので少しだけ庭の続きをやって、午後は買い物へ。時々行くこぢんまりとした直売所で、周辺の野菜や地元の方の手作りの食品が並んでいる。

なにがあるかな〜と見ると、筍《たけのこ》、わらび、タラの芽など旬の山菜があった。筍とタラの芽をカゴに入れる。隣に大きくて真っ赤なビーツがあった。ひと袋。2個入り200円。ちゃんと食べたことがないので買ってみたいけど、大きすぎる。葉っぱもさもさついていて、「炒《いた》めるとトウモロコシのような味でとてもおいしいです」と書いてある。わあ。赤いビーツの酢漬けとクリームチーズのサンドイッチをイタリアアルプスのハイキングツアーで食べたなあ。ガイドさんの手作りでとてもおいしかった。あの味を再現してみたい…。でも大きすぎて迷う。

迷ったすえに手が出なかった。


夕方温泉に行った時に、サウナで水玉さんにその話をした。赤いビーツ、迷いに迷って、買えなかった。買えばよかった。明日《あした》の朝、もう一度行ってみようかな…。


家に帰って、タラの芽の天ぷらを作る。フライパンに油を少しいれて焼き付ける感じの天ぷら。できたてに塩をふってパクリと食べる。おいしい。

筍は茹《ゆ》でて、明日の朝までそのまま鍋《なべ》に。

3月31日（金）

夜中に雨が降ったみたいで地面が濡《ぬ》れている。そして肌寒い。

筍の皮をむいて水に浸《つ》ける。どうかなあ。うまく茹でられたかな。

それから畑に出て全体をじっと眺める。畝の形を変えようと考えている。もっとゆったり、曲線的に。あまりたくさんの面積は必要ないとわかったので、ぎちぎちにしないで、丸や流線形の手入れしやすい畑にしたい。ちょっとずつ変えていこう。


今日は3月31日、3月の最後の日。明日から4月。月が替わるのは楽しみ。

そういえば、春に香る花でとても苦手な匂いの花があるという話をしたら、まわりでもふたり、同じような人がいた。頭が痛くなるって。そうか、みんなそうなんだ。で、興味を持って調べたらわかりました。たぶんヒサカキの花。ガスのような匂いで苦手な人が多いそう。花から発酵臭を出し、ハエを使って花粉媒介することで生存競争に勝ってきたとか。わかってよかった。


行ってきました。直売所。9時に着いたら30台ぐらい入る駐車場がいっぱい。どういうことだろう。こんなに混んでるとは。みんな手に赤いもの…トマトの袋をぶら下げている。奥の駐車場に車を停める。

お店に入ると、「トマト完売」と書いてある。トマトの安売りでもやってたのかな…。ビーツを探すと、あった。昨日の大きなビーツじゃなくて、その3分の2ぐらいの大きさだ。でも葉っぱが新鮮。ひと袋、選ぶ。葉っぱなしの実だけのもひと袋カゴに入れた。ニジマスの甘露煮も少し迷って買う。

会計して外に出たら駐車場は空っぽ。1台もない。むむ。

家に帰って調べたらわかった。とてもおいしいトマトを9時ごろに出品する人がいて、その時間に人が集まってくるみたい。ひとり一袋限定だって。そうか…。私は、もし間に合ったとしたら買っただろうか。買わなかっただろうなあ。

家に帰って朝食。

筍のお刺身を作る。木の芽を散らして酢味噌《すみそ》で食べたらとてもおいしかった。舌がしびれない。うまく茹でられた!

天気は曇り。なぜかまったく何もやる気がしない。心が落ち着かず、嫌な予感みたいなもの、焦るような気持ちがずっとある。なので読書でもしようとコタツで読み始めたらいつのまにか寝ていた。

そういえば今朝がた嫌な夢を見たことを思い出した。苦しかった。

起きて、ビーツの甘酢漬けを作る。コトコト煮る。瓶を消毒。甘酢を作る。切ると、きれいなルビー色だった。

引き続きパンを作ろうと思ったけど発酵の時間を考えると明日にしよう。NHK党の記者会見を聞きながら筍と鶏肉《とりにく》の煮物を作る。活動的な立花孝志《たちばなたかし》。この人は何を聞かれても言い返す。途中、黒川《くろかわ》なんとかさんも参入してきておもしろかった。

4月

4月1日（土）

今日から4月。静かだ。

明け方、苦しい夢を見てとても苦しかった。大きなデパートに仲間と行って、途中ではぐれてしまい会えなくなった夢だった。携帯もアクシデントで繋《つな》がらないし。本当に困った。夢たとわかってホッとした。その余波でぐずぐずと遅くまで寝てしまった。

何もする気になれない。パンも作る気にならない。庭の草むしりを少しした。ビーちゃんを探したけどいなかった。

4月2日（日）

おとといのビーツの色があまりにきれいなのでまた買いに行こうと思う。少しだけ作った生の酢漬けもおいしかったので今度はそれを作ろう。赤い色はスムージーとかいろいろ使えそう。

あのトマトが気になってきたので開店時間の8時半に行く。そしたらもう予約券が完売だった。外にはおしゃべりしながら待ってる人たちがいる。そうか。簡単には買えないんだ。だったらいいや。ビーツが2袋あったのでそれとどら焼きを買った。

天気がよく、今日も草むしり。ドクダミやよもぎなど、飽きたら場所を変えながら進む。ビーちゃん、いるかな…と探したら、いた！

見つけるとうれしい。いつもエゴノキの下あたりで静かに寝ている。

春の花があちこちに咲いていて目に入ると気持ちがいい。日に何度も庭を見て回る。ピンク色のアジュガが大繁殖。キラン草もたくさん咲き始めた。やっぱり花があるっていいな。ここ数年自然に任せていたので庭に花がほとんどなくなっていた。また花を植えよう。

午後、ビーツの酢漬けを作る。皮は煮て赤い煮汁を瓶に詰めた。昨日のと合わせて瓶6本分できた。

「岡崎《おかざき》将棋まつり」で藤井竜王と佐々木勇気《ゆうき》八段の対局があったので見る。解説陣も和気あいあいとした雰囲気でおもしろかった。

今月から前に行ったインドの旅行記を書こうかなあと思う。やっと書く気が出てきた。

今日のおつまみ。ちくわにチーズを入れて輪切りにして、明太子《めんたいこ》、バジルソース、マヨネーズなどめるものを上にのせてトースターで焼く。

4月3日（月）

天気がいいので買い物へ。

コメリに花の苗を見に行く。30円の特価品がたくさんあったので13個も買ってしまった。ルピナス　千鳥草、ミニアスター、普段だったら買わないような金魚草、トルコギキョウ、ジギタリスも30円だったのでつい。

次にスーパーへ。ビーツの赤い煮汁がたくさんできたのでそれを使ったスムージーをいろいろ作って試そうと思い、そのための材料を買った。りんご、バナナ、カットパイナップル、プルーン、牛乳、豆乳、甘酒、ヨーグルト。

次に、去年一時期夢中になったパン屋さんでハード系のパンを買ってビーツとクリームチーズのサンドイッチを作ろうと思って行ったら、いつもなら遠くからピカッピカッと光って開店中を教えてくれる電気が光ってない。つぶれたというううわさを聞いたが、まさか！

近づいて車の中から入り口の貼り紙を見ると、4日まで臨時休業しますとのこと。

だったら自分でパンを焼くしかないか…。

玉子を買うのを忘れたので、途中のお店に寄って買う。


午後。買ってきた花の苗を庭に植える。

スコップを持って畑へ。畝の形を変えようと思ったけど、畝を変えるのってすごく大変だと気づく。やっぱいいや。流線形や丸にしたかったけど、今後自然にそうできたらしていこう。


夜。やっと重い腰を上げてパン作りに取りかかる。低温発酵させて作るバゲットにした。材料は強力粉とイースト菌と塩と水だけ。イースト菌1グラム。小麦粉の上にふりかけたらデジタルハカリがうまく反応しなくて2グラムぐらい入ってしまった。粉類をさっくり混ぜてしばらく発酵させ、冷蔵庫で朝まで寝かせる。

4月4日（火）

昨夜仕込んだパンを成形して焼く。

できた。どうだろう…。あまり膨らんでないけど、食べてみたらまあまあおいしかったのでよかった。

庭を見回り。

モンタナ系のピンクのクレマチスが咲いていた。この匂い大好き。甘くて、ミルクパウダーみたいな匂い。

畑からネギの花芽を摘み取ってきた。このネギのつぼみ、フライパンでソテーするとぷくんと膨らんでかわいい。味もあまくておいしい。これに小麦粉を薄く溶いたものをかけて薄いお好み焼き、ネギ焼きを作ってもおいしい。

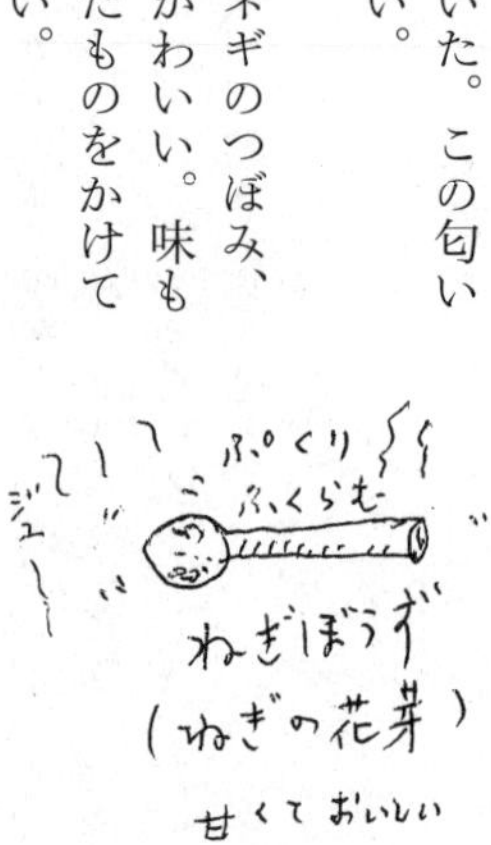

さて、ついに作りました。ビーツサンドイッチ。その前に仕事部屋に行って、単行本「こういう旅はもう二度としないだろう」のイタリアのドロミテ旅行のカラー口絵を確認する。これこれ。ビーツサンドイッチの写真。そうか、ビーツとチーズとハムだったか。
とりあえず今日はさっきのバゲットにクリームチーズとビーツをのせて食べてみた。うーん。味があまりしない。ハチミツをかけてみた。
やっぱりパンはサンドイッチ用の四角いのがいいかもしれない。次は塩気のあるハムとチーズをはさんで、ビーツはもっと薄く切って、とにかくこの赤紫がいいからこの色を充分に引き出して…といろいろ改良点を考える。

近ごろの私はこのビーツの赤紫の美しい色に夢中。味はちょっと土っぽいけど、色がとてもいいんです。

4月5日（水）

今日は名人戦第1局。場所は椿山荘《ちんざんそう》。

藤井竜王の白っぽいお着物、渡辺名人の柄の入った茶系のお着物、どちらも素敵。

将棋を見ながら、時々庭に出る。

モッコウバラの棚の下に散っているカロライナジャスミンの黄色い花をほうきで掃いていたら、山鳩の玉子が落ちて、割れて、乾いているのを発見。

あら…。しばし考え込む。

今日はずっと将棋を見ながら家にいた。そして、今後の仕事のことを考えた。

旅行…。

ヨガのインド旅行をまとめ始め、写真や資料を見ていたら旅行の素晴らしさが蘇《よみがえ》ってきた。世界のあちこちに行く旅行は苦し～いこともあるけど楽しいこともある。

夜はひさしぶりにグリーンカレーを作る。鶏肉《とりにく》以外の具は秋にとれたじゃがいも、今、畑にある新玉ねぎ、アスパラ、スナップエンドウ、花芽類。どれもちょっとずつ。

やっぱりグリーンカレーは好き。

4月6日（木）

雨の一日。

朝、傘をさして庭をひとまわり。6本あるブルーベリーのうち仕事部屋の西にある1本にたくさん花がついている。強剪定《せんてい》してからみあった枝を整理したのでその他の木はあまり花がついていない。

松虫草の花のつぼみがグーンと伸びてきた。この庭の中でいちばんこぼれ種で増えているのはこの花かもしれない。敷石のすき間からもちょこちょこ出ている。条件が合っていたのだろう。大好きなニゲラはすこししか見当たらない。今年は咲くだろうか。

シトシト、ザーザーという雨の音を聞きながらコタツで将棋観戦。

同時に焼きゴテで丸い木片に焼き印を押す作業をする。つれづれノート「マイ・ペース」のカバー写真になってる木のふしを抜いたやつ。メルカリで売るグッズのおまけにしようと考えてる。失敗作もたまにでる。

ビーツスムージーを作ってみた。バナナ、りんご、パイナップル、牛乳、甘酒、ヨーグルト、ビーツの煮汁、砂糖。けっこうおいしい。さっぱりした甘さだ。これからさまざまな組み合わせと配合を試したい。

将棋の結果は夜にでた。藤井竜王の勝ち。次は3週間後。

4月7日（金）

今朝も雨。

午前中は歯医者の予定。定期クリーニングの2回目。このあいだ歯の磨き方を注意されたので小刻みに磨くことを心掛けてきた。すると先生が歯茎を見て、「ずいぶんよくなってます。気をつけて磨いていましたね」と褒めてくれた。

「はい。あれからやさしく小刻みに磨くようにしています」

「1カ月ぐらいたつと自己流に戻ってしまいがちなので我慢して細かく」

「はい」

長ければいいかと思い、毎日30分ぐらい磨いていたのだった。10分でいいって。

私はいつも治療する椅子に座って待っているあいだ、目の前の画面に映し出されている私の歯のレントゲン写真の右奥のもうすぐ抜けるといわれた歯のまわりの黒い影をじい〜っと見る。この黒い影は歯が弱って溶けている場所なんだって。でも、こっちの健康な歯のまわりにある黒い影とどう違うのだろう？　よく似てるじゃないか…などといろいろ考えながら。

帰りに買い物。先日のコメリで気になっていたものを買いたい。まだあるだろうか。

あった！

この前に来た時に見たクレマチスの鉢。モンタナ系のピンク色の花が咲いていた。家にひとつあるけど、とても好きなのでもうひとつあってもいいかなと思った。今ある場所は隣との間のフェンスのところなのでブルーベリーの木が邪魔でゆっくり匂いをかげない。今度は玄関わきのモッコウバラの花壇のところに植えよう。あそこならすぐにいつでもいつまでも匂いをかげる。それとまた30円の苗、ルピナスを３つ。この特売コーナーの花もだいぶ減ってきた。

次にＡコープへ。ぶりと甲イカのお刺身を買う。お魚は基本的に天然物しか買わない。なのである時しか買わない。ここは１パックの量が少なくていい。値段は３００円〜４００円で特に高くもない。

声の小さいパン屋さんはどうか。電気がピカピカッと光ってる。これのおかげでずっと手前の信号からでもわかるのでありがたい。今日は声の小さい息子さんではなくお父さんの方だったので声はよく聞こえた。ピーナッツバターパンとハード食パンを買う。

そして、「しまむら」に行って靴下を買う。無地のTシャツを探したけどなかった。どれにもワンポイントか英語の文字、イラストが入っている。それからブラジャーも見てみる。つけ心地のいいブラジャーを探して数十年。今日は金具のない伸び縮みするシンプルなタイプのを買った。1000円ぐらい。サイズは、期待を込めてLサイズ。大丈夫かなあ…。入るかなあ…。

家に帰ってすぐにつけてみた。全然きつい。こりゃダメだ。苦しい。

どれくらいきついのだろうと、中央と両脇にハサミで切り込みを入れてみた。それでもきつい。最終的に全部で7カ所も切り込みを入れた。それでもまだ。素材はシンプルで好きなので、次は2Lか3Lを買ってみよう。

午後になると雨はゆっくりあがっていった。

しばらく雨が続いたので、旅行にでも行ってたような気分。

温泉のサウナで水玉さんに「しまむら」の話をする。Tシャツはメンズの方を見てみたら？　とのアドバイス。

4月8日（土）

やや気温低めの晴天。洗濯物を干して、庭と畑の見回り。ここをこうしよう、あれをああしようなどと考えながら回る。

ビーツサンドイッチを作る。うーん。まだまだだ。パンも思ったほどハードじゃないことに気づく。

風が強い。洗濯スタンドが倒れていた。ショック。洗濯ものが乾いて軽くなってから倒れたようで土や枯れ葉はあまりついてなかった。

さあ、また「しまむら」に行こう。

着いた。

ブラジャーのところへ直行。2Lか3Lか、両方を手に取って比べてみるけどよくわからない。なので両方、カゴに入れた。1000円だしね。

次に、メンズコーナーへ。シャツのところを見たら、あったあった。いいのが。無地のTシャツの半袖《はんそで》と長袖。色もいろいろあって迷う。どれも1000円。

長袖1枚、半袖2枚を買った。

帰る途中、ナフコに寄って花の苗を見る。街でよく見かけるような色が鮮やかでたくさん花をつける嫌いな花がずらりと並んでる。

でもその中から好きな花を探すのが楽しい。

じっくり見て、見つけました。入口の脇に植えたいヒューケラ3色、松葉ぼたんの白と斑《ふ》入りの赤、紫色のサルビア、赤と白に赤の点々入りの撫子《なでしこ》2つ。

これなら合格。

家に帰って、すぐにブラを試着。2Lも3Lも同じような感じ。でも3Lの方がきつくない。でもなんか、縫い目がチクチクする。

ユニクロで買ったブラトップは10枚ぐらい持ってるけど、丈が長いのでもたつくのが嫌だった。でももうあれでいいか…。あれならきつくないし。水玉さんが「長いんだったら切ったら?」って言ってたから切ってみようか。

Tシャツはどれもよかった。半袖のうちの1枚が特に着心地がよかった。これは明日《あした》買い足そう。着心地がいいと思えるものは少ないので出会った時に買っとかないと。

畑へ。じゃがいもの芽が出ているのがあるので草整理をする。赤い皮のじゃがいも5個は大きかったから10センチぐらい伸びている。ながさき黄金の種芋はとても小さくて直径4〜5センチぐらいしかなかった。小さすぎるかなあと思いながら植えたのが、今、よく見たら5ミリぐらい芽が出かかっている。わあ。うれしい。

あわててまわりの草を抜いて、よく日が当たるように障害物をなくす。暖かくなると生長も早い。草を広く取り払った素っ裸の土から飛び出す新芽。日がよく当たってる。


温泉へ。

サウナで水玉さんへ今日の報告。

ブラは難しい。もうブラトップでいいかも。長いと感じたら切るわ。Tシャツはすごく着心地のいいのがあったから明日また行って買い足す。と。

「甥《おい》が着てたシャカシャカしたパンツがよかったから、通販？　って聞いたらしまむらで1000円って言うから明日買いに行く」と言う。

へー。私もそのシャカシャカパンツ、見てみよう。

4月9日（日）

宮古《みやこ》島《じま》の海に落ちた自衛隊のヘリコプターのこと、気になる。宮古島だし。

朝、7時前に起床。

なんだか寒いなあ。今日は快晴なので冷え込むのか…と思いながら外を見る。

あれ？　もしかして。あわてて天気予報を見ると最低気温1度で霜注意報が出ている。

しまった！　じゃがいもは霜にとても弱い。よりによって昨日、素っ裸にしたばかりなのに。

ビニール袋や寒冷紗《かんれいしゃ》を持って畑に飛んでいく。地面がところどころ白くなっている。まわりの草も冷たい。赤い皮のじゃがいもの葉がみんな小さく小さくぎゅっと閉じている。ああ。

ビニールや寒冷紗や草など、いろいろなものを上にかけた。手でちぎった草が冷たくて指先が凍るように冷たい。大丈夫だろうか。

家に帰って朝食を食べたりしていたら暖かくなってきた。

ふたたび畑に見に行く。もう太陽がサンサンと降り注いでいるのでさっきかけたものを取り払い、光を当てる。大丈夫そう。

それから「しまむら」へ。

悪あがきのようにブラをひとつ。タンクトップの上だけみたいなの。サイズはもちろん3L。

そして、昨日のTシャツ売り場へ。タグをよく見たら「ユニセックス　男女問わず着用いただけます」と書いてある。じゃあ間違ってなかった。

色違いで1000円の長袖2枚、半袖6枚。ふと見たところにあった感じのいいプリント柄の600円のTシャツも。パンツは種類がありすぎてどれがシャカシャカパンツかわからなかった。でもパンツはたくさん持ってるのでいいや。

たんまり持ってニコニコ気分でレジへ。私の制服、普段着、作業着が調達できた。

家に帰ってまたビーツサンドイッチを作る。うーん。まだまだ。

畑に行ってじゃがいもをチェック。芽は大丈夫だ。暖かい日差しを浴びてグングン、これから育ちそう。

まわりの畝を見て歩く。ニンニクの芽が伸びていたので数本スーッと引き抜く。ソテーしよう。

ヤツガシラの芽が出てる。去年、あまりにも葉っぱが小さかったので掘り出さずにそのまま置いといたもの。今年は大きくなるかも。

うん？　菊芋の芽のすぐ近く、というかほぼ同じ場所から里芋の芽がでてる！　去年の里芋の掘り残しだろうか。里芋と菊芋、どうにか共存してほしいが。2ヵ所も。

ぽかぽか暖かいので見て歩くのが楽しい。

玉ねぎをそろそろ食べ始めようか。最初に植えたホーム玉ねぎはほとんど大きくなってなくて触ると柔らかい。本当は去年の暮れに食べるべきものだったのに大きくならなかったからそのままにしていたら結局小さいままだ。外側の柔らかい部分を取り除いて中の白い部分だけを食べよう。


庭を歩いていたら花のいい匂い。見ると白いモッコウバラが咲いていた。

小さい玉ねぎを半分に切ってオーブンで焼く。甘くておいしかった。

4月10日（月）

里芋のすぐ近くに芽を出した菊芋をそっと掘り出した。離れたところに植え直す。もうひとつのはあまりにも近かったのであきらめる。

畝の草整理をしたり、モグラの穴の上を踏んで土を沈めたり。

畑全体を道の上からじっと眺める。大根や小松菜の花が咲いていていい感じ。

端境期というのは、なんとなくのイメージで2月あたりの寒いころだと思っていたけど、実は春だということを知って驚いた。4月～6月ごろはあまり野菜がない。

私の畑に今あるのは少量のアスパラ、スナップエンドウ、ニラ、玉ねぎ、ネギ。もうすぐできそうなのがレタス。保存品にじゃがいも、切り干し大根。

確かに少ない。だから春は山菜や食べられる野草が豊富なのか…。筍《たけのこ》とタラの芽は食べたけど、そりそう毎日食べるものでもないし…。去年作ったヨモギのジェノベーゼ、今は特に食べたくはない。まあしばらく様子をみて何もなくなったら考えよう。クレソンを湧き水の池に摘みに行ってもいいし…。

お昼、いつもの気楽なお店で髪の毛をカット。4カ月ぶりか。15分で終わった。よしよし。いくらだったか、いつも覚えられない。2500円だった。

庭の手入れをする。ヘビのビーちゃん…ビー助はいるかな。いたいた。ビー助の方がぴったりな気がするのでビー助にしよう。

最近は毎日、いつもの場所にビー助を探す。驚かさないようにそっと。シダを抜きたいけどビー助が寝ているので隠《かく》れ蓑《みの》にするためにそこだけ残しといてあげよう。土の色とそっくりで、そこにいることを知らないとまず気づかないだろう。でも私は見つけるコツを覚えた。色や形ではパッとわからないけど光の反射が違うのだ。ぬれているようにみえるので質感の違いだけにフォーカスを当ててサーチすると探し当てられる。晴れた日はだいたいいるけど曇ってるといない。いるとうれしい。

4月11日（火）

今日は叡王《えいおう》戦の第1局。神田明神《かんだみようじん》にて。

始まる前にといそいで畑へ。ポットで育てていたかぶやレタスを植え付ける。それから人参《にんじん》の種を蒔《ま》く。人参は芽が出るまで水を切らさないようにということなのでジョウロで水をまく。

対局が始まりそうなのであわてて家に戻る。

対戦相手は菅井《すがい》竜也《たつや》八段。藤井叡王がタイトル戦で戦う初めての振り飛車党ということで解説のみなさん一様に興味津々。それがこちらにも伝わってきてなんだかわくわくする。

ビーツサンドを今日も作った。うん。なんだかおいしく感じる。前にイタリアで食べた時の味はもう覚えてないからこれでもいいかも。本当はちょっと違うんだけど。

朝方は曇っていたけど昼頃になって晴れたので、庭に出て枯れ葉を掃き集める。落ち葉掃きってたまにやりたくなる。ササーッ、ササーッ。

ビー助はいるかなと探したら、いた！

ホースのように源氏パイのように、しなやかになめらかに体を巻いているところにいつも感心する。地形に合わせた無駄のない曲線。


叡王戦のスポンサーは不二家。対局者の隣に置いてあるお菓子の缶に「いじわるバター」という名前のカントリーマアムが入っていた。ほう…遊び心のある素晴らしいネーミングだなと思って調べたら、「じわるバター」だった。「い」が角度的に見えないんだと思ってた。


2階のテラスにモッコウバラを茂るに任せてのばしたら家の中から花が見えてとてもきれい。1階の私が座ってる場所からも見える。見えるように誘引したから。

庭の花。草花も植えた花も、今の時季、次々に咲いて次々に入れ替わっていく。あっちに、こっちにと、オーケストラの楽器が鳴り響くよう。毎日キョロキョロしている。ピンク色のアジュガが今年は長いあいだ咲いているのがうれしい。

対局は藤井叡王の勝利。いつもと違う内容でおもしろかった。また着物の柄が淡い色合いながらも大胆な横縞《よこじま》だったので「うん？」と思ってじっと見た。

4月12日（水）

ゴボウの葉っぱが大きくなってる。30センチぐらいに。このゴボウは去年かおととしに種を蒔いたもの。もう食べられるんじゃないかな。根を触ると太さが2センチぐらい。調べたら、もう中にスが入っているかもしれない。とりあえず引き抜いて切ってみた。長さは20センチほどでふたまたに分かれてる。上の方は硬くてスが入ってた。下の方も少しスが入ってる。途中から伸びた直径1センチぐらいの根っこのみ、唯一柔らかい。ここが今年伸びた部分みたい。そこはささがきにして、スが入ってる部分は小麦粉をまぶして油で揚げてみた。うーん。やはり硬い。けど、全部食べよう。初めてのゴボウ。新玉ねぎは輪切りにしてビールで溶いた小麦粉で天ぷらに。サクサクカリカリ。おつまみだ。

ニゲラ…。

大好きなニゲラ。なのに今年、庭にひとつしか見当たらない。細い細い針のような葉。

ニゲラのことを考えていたら急にたくさん増やしたくなってきた。乾燥したテラスの階段の下あたりがよさそう。どうしたらいいだろう。種を蒔くのは9月ごろらしい。

直根性なので植え替えには向いていないから苗はあまり出回らない。

ニゲラ…。ほしい。いてもたってもいられなくなってきた。

そうだ！　こぼれ種で庭にい〜っぱい広がっていたあの友だちがいた！　ニゲラさんと呼ぼう。今年も出てたらもらいたい。ラインで聞いてみよう。

「今年の庭にニゲラたくさん出てる？」

「たくさん出てるよー。いる？」

明日《あした》掘りに行くことになった。

とてもうれしい。大きな容《い》れ物を持って行こう。根にダメージが少なそうな小さいのを選ぼう。

4月13日（木）

朝。前に剪定枝《せんていし》を積み上げていた向かいの場所から百合《ゆり》が3本出ていたので、スコップで掘って私の畑の斜面に移植する。ここだったらたくさん増えてもいい。咲いたらきれいだろう。

空に黄砂が広がる中、ニゲラさんちへ向かう。

着いてさっそくニゲラを見る。家の周囲の砂利の通路に小さなニゲラがたくさん。

きゃあ〜。あまり大きいのは根っこが切れるので10センチ前後の小さいのを熱心に掘り起こす。200個ほど集める。

ついでに他の花も少しもらった。驚いたのは3年ぐらい前に私の家に来た時、庭のイワダレソウをグランドカバーにするといってほんのすこし持って帰ったんだけど、それが花壇の20メートル四方ぐらいを覆いつくしていたこと。ものすごく繁殖したのだそう。そのすき間から花や果樹が出ている。

私の庭では雑草や他の花ともつれあっていてほんの少し見える程度だけど、ここは日当たりと土がいいから…。

「もっと広がりそうだからある程度で止めた方がいいかもよ…」

這《は》うもの、地下茎で広がるもの、つる性のものは要注意。私も一時期きれいだと思って伸び放題にさせていたシダとドクダミを、今、必死で抜いてるところ。

野菜を持って行く？　と言われて、裏の家庭菜園を見に行く。真っ黒な土の畑。小さなハウスもある。じっと見て、大根、セロリ、ほうれん草、サニーレタスをいただく。うれしい。

外の水場で洗ってくれてるところに、そっと近づいてレタスの葉を1枚、「これもいい？」とおずおずとさしだしたら、「あら。1枚じゃなくてひと玉持って行ったら？　もう処分するかもしれないから」というのでひと玉いただく。

ランチを予約してくれたので駅前のイタリアンへ。小さくて人気のお店だそう。前菜のパテとサラダ、トマトとモッツァレラチーズのパスタ、どちらもおいしかった。けど途中でお腹いっぱいになってしまった。外食はちょっと無理して食べてしまうのが難点。

じっとしてると眠くなる…とニゲラさんは眠そうにしていた。いつもそうなんだって。とにかく日中はずっと動いていて、動きが止まると眠くなると。

そして今日はタイミングがよかった。ず〜っと忙しくて、ちょうどここ2日ぐらいだけ手が空いて、そのあとからまたずっと忙しいんだって。これからは葡萄《ぶどう》のつるの剪定が大変だと言っていた。

そのあと、おいしいお豆腐屋さんを教えてくれた。枝豆豆腐や湯葉寄せ、青大豆豆腐などいろいろ買った。

今日は26度という暑さ。その中を眠くなりながら帰る。

ニゲラは明日の朝植えよう。水に浸《つ》けておく。

4月14日（金）

枝豆豆腐など甘くておいしかった。ドライブしたので疲れて早めに就寝。

朝早く起きてニゲラを植える。

ザクッザクッザクッと砂利のところに主に。今日は午後から雨の予報なので今日中に植えたい。

でも今日はピンちゃんと庭先輩と遠くに苗を買いに行く日。全部は植えられなかったのであとは水に浸けて置いとく。

ピンちゃんを迎えに行って、サッと庭を見る。ふむふむ。春の花が咲き始めてる。

「ここ、かわいいね」と感想をポンポン。

行きの車の中で花のことなど話す。

ピンちゃんがあの花、この花、といろんな花のことを話すごとに、「それ嫌い」「いいよね」「嫌い」「嫌い」と感想をいう。私は花の好き嫌いがすごくはっきりしているので瞬時に即答。

私が「それ嫌い！」って言うたびに、「（増えたら）あげる！」と何度も切り返してくるので、しまいに、「私が嫌いって言って、あげるって言われて、くれたその嫌いな花たちを一カ所に集めた花壇を作ろうかな。ピンちゃんコーナー。意外と嫌いな花ばかりを集めたらおもしろく感じて好きになったりして」

ちょっと心が動く。

ピンちゃんもニゲラさんも高校生の頃から私を知っているので私が何を言ってもギョッとしたり驚いたりしない。なので安心。私の考え方はわかりにくく、言い方もすこし変わっていて省略が多いらしいのでほとんどの人は私の話すことを理解できないだろうと思うことがある。私が人にあまり近づかないのはそれも理由のひとつ。

庭先輩の家に着いて庭を一周。ちょうどなにわいばらが満開でとてもきれいだった。この季節に来たことがなかったので初めて見る景色が多く、美しい。これからの造園計画も聞いた。どんなふうになるのか楽しみ。

そしてお花の苗を買いに出発。先にお昼のラーメン屋へ。とても人気で昼に行くと1時間ぐらい待つそう。で、11時過ぎに行く。細い麺《めん》の長浜《ながはま》ラーメン。あまり待たずに入れた。私はもやしラーメンを注文した。ふたりはネギラーメン。来た。

そしたらもやしが意外とボリュームがあって、ふたりが「おいしいおいしい。スープがおいしい」と言いながら食べ終えた頃、私はまだ3分の1ほど残っていた。必死で食べるうちに細い麺は伸びていってた。必死すぎて私はふたりほど「おいしい」は出なかった。最初に1回言ったぐらい。もやしラーメンにしなければよかった。ふつうのラーメンにすればよかった。そしたらおいしくサッと食べられたかも。もっとずっとおいしかったかも。悲しい。しばらく心の中で後悔する。でもチャーシューがすごくおいしかった。柔らかくて味が染みてて。

さて、気を取り直して次は花の苗だ。

大きな建物の中に花の苗がいっぱい。じっくり見ようとして、でも初めてでよくわからず、落ち着いて見られず、最初はあんまり買うものないかな…と思っていたのに見ているうちにだんだん欲しくなって、衝動買いも含め、結構買ってしまった。

枯れてしまったのでリベンジしたいニオイバンマツリとクチナシとカモミール。本日のお買い得品のラベンダー。衝動買いの海老色《えび》のアナベルなど。

ふたたび庭先輩の家に行ってお茶をいただく。


帰路、またリンゴあめのお店へ。今の時季はトマトあめしかなかった。濃くて甘い小ぶりのトマトを3つ串《くし》に刺してあるトマトあめとトマトを買った。

4月15日（土）

昨夜は夜中に目が覚めてしまい寝不足だ。

花の苗を買う気持ちに火がついたので今日も買いに行く。

昨日コキアの苗が欲しかったけど、なかった。たしか少し遠くのお店で2鉢みたことを思い出し、そこに行こうとしてその前にエビネランを買いに行ったら、そこにコキアの小さな苗があった。ラッキー。エビネランの安いのを6鉢、コキアを7鉢買う。

植えつけるものがたくさんあるなあ。疲れないように雑にならないようにゆっくりしっかり気持ちの準備をしてから植えつけよう。

今日は寝不足で疲れてるから休養日にしよう。作業は明日にしよう。


夕方、温泉へ。

水玉さんがコキアの極小苗を持ってきてくれた。このあいだから私がコキアコキアと言っていたから。うれしい。コキアを庭にたくさん繁殖させたい。

帰りに一緒に車まで歩きながら、私が「私は温泉から家に戻った瞬間が一日で一番好き」と言ったら、水玉さんは「私は今が好き。この温泉から出た時が」と言う。

ふわっと夕方の空気を感じながら歩く。

本当に気持ちがいい。


私が、「退屈で退屈でたまらない。毎日が楽しくない」と思い始めた時に、自分に思い出させることがある。それは、過去の嫌な出来事。あの失敗、あのトラブル、あの人のあの言葉、あの嫌な気分、などなどできるだけ具体的に。そうすると嫌な気分がまざまざと蘇《よみがえ》ってきて、「ああ〜。よかった。今が何もなくて。今が一番。何もないのが一番」と思えてくる。あれよりはいいか、ってね。紙に書いて貼っておこうかな。

4月16日（日）

花の苗を植える。コツコツコツコツ。たくさん植えた。

あとはエビネランと低木類。これは明日《あした》に。

エビネランを買いに行った時に駐車場で、ある若い女性Xさんを見かけた。車の窓越しにお互いにっこり笑って頭を下げて挨拶《あいさつ》する。

生き方の師匠
マイペースな姿
迷った時に
思い出せ！

帰り道、このXさん。もしかするとこの町で私といちばん生きる姿勢が似ている人かもしれないなあと思った。必要なこと以外は話したことがないけど、外から見えるそのマイペースな生き方、ストイックさ、たたずまい。他人に迎合せず、自分の生き方をしなやかに、かつ厳しく貫いているような姿は参考にしたいほど。

そうだ！　あのXさんを心の師匠にしよう。よく知らないけど、よく知らないから

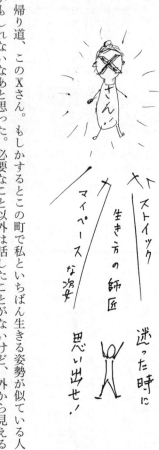

こそ、私の中でイメージを勝手に膨らませて、Xさんを遠くに置いて生き方の師匠にしよう。世間に流されそうになった時、平凡さに負けそうになった時、自分らしさを失いそうになった時、Xさんを思い出そう！

4月17日（月）

天気がいいので庭と畑の作業をいっぱいする。
エビネランとアナベル、ニオイバンマツリ、クチナシを植えた。
疲れた〜。

4月18日（火）

今日も庭と畑。
庭では紫陽花《あじさい》の移植をふたつ。水やり。
畑ではモグラで崩れた畝の修復。端っこを削って上にのせて踏み固める。

ハンモック椅子から庭を眺めて、あそこに花があったらなあ…と思った場所がいくつかある。半日蔭《ひかげ》の場所。
半日蔭で咲く花を探したらハナニラがあったので白とピンクをメルカリで購入。

百日紅《さるすべり》の木の下にも何か花を植えたいな。

花のカタログを見る。前に買って植えたけど根づかなかった花をたくさん思い出した。買ってばかりもキリがない。増やすこともしてみよう。数年かけて。


温泉に行く前にホームセンターへ。

機械油、畑用のグローブ、花の土を買う。ついでに花の苗も見る。

派手で嫌いな花ばかりだけど、ふと思い直す。この嫌いな花を私の渋い草木の隅にちょこんと植えたら意外といいかも。

これって何の花？　えっ？　あれ？　あれがこんなふうになるの？　違う花みたい。というような育て方ができるかもしれない。いや、してみたい。

むくむくとやる気が出て、10鉢ほど、今までは嫌いで完全にスルーしていた花を買った。

むふふ。楽しみ。

意外とこれは次の段階に行ったかも。めずらしくて繊細な花をあちこちから買い集め、そしてよく枯らしてしまう段階から、目をかけていなかったもの、平凡で、品がないように思えて嫌いだったものをあえて招き入れ、自分流に作り替える。

おお。

通の楽しみ。いやらしい爺《じい》さんの境地か！　いや、人事を司《つかさど》る社長なんかの手腕か。苦手なものを光らせる。采配《さいはい》の妙。

やってみるわ。

私の嫌いな(だった)花とは
人工的
花がもりもりふえて
長く　たくさん咲く
改良種。
花数の多さと花期の
長さをうたってる。
でも、
こういう中に　ちょこっとあるのは
悪くないかも…

4月19日（水）

昨日買ってきた花の苗を植えこむ。半日蔭に。バラのように見える花。

台所の窓からいつも見えるところにもいくつか。

だいたいよくできたけど、ひとつだけ、これはどうにも合わないなというのがあった。庭でなく植木鉢に植えてわざと人工的なおもしろさを狙った方がいいかもなあ。

敷石のあいだの草を取る。いつのまにか土や苔《こけ》が厚く盛り上がっていてなかなか取れない。鍬《くわ》で削り取ってみた。一カ所やるのにもかなりの労力。少しずつやっていこう。

午後は畑で畝の補修。2本終わった。まだまだたくさん。こっちもゆっくりやろう。

曇っているけど湿度が高く、汗だくでがんばった。

今日採れた野菜は、小さな玉ねぎ、スナップエンドウ、絹さや。玉ねぎを4分

モグラが走りまわって、
畝が平らで
ぼこぼこに
↓
なんとなく
なおす
またぼこぼこに
なるだろうけど…

割して塩コショウでソテーして食べる。これが今、すごくおいしい。

4月20日（木）

曇り。

今日も庭と畑。4月になって木や植物が急速に動き始め、やることがいっぱい。そして今日も花の苗を買いに行く。またアイデアがわいてきたのだ。

赤いのを木の下に、ピンク色のはこっちに移動…。

日陰になっていて生長の遅い木を日当たりのいい場所に移植する。

カラカラになって枯れていた鉢に庭の花を植えよう。エリゲロン、アザミ。

夕方、畑に出てまた畝の補修をしようと思ったけどやる気にならない。もういいか。

サウナではひさしぶりのハタちゃん。「時間が過ぎるのが早いわ〜」といつも言ってることをまた言ってる。

4月21日（金）

朝、畑を見回りしてたら赤い苺《いちご》をひと粒、発見。感動。去年、苗を買って植えた苺だ。裏側の色が少し薄いので今日一日、太陽にあてて明日食べよう。草を下に敷いて、大事に保護する。

午前中は庭の手入れ、花の苗の植え付け。木の下にこれを植えたらいいだろうなと思う花をちょこっと植える。

私の定位置から見える景色をバージョンアップ中。主な定位置は2つ。ハンモック椅子と台所。

三つ又の熊手をどこかに置き忘れた。3回ほど庭をまわって捜したけど見つからない。どこにあるのだろう?

面倒見のいい人って支配的だよな…と思う。

温泉のサウナで、水玉さんと、よく笑う朗らかな人がいたので苺のことを話した。明日食べようと思うと言ったら、そんな時に限って動物に食べられてたりするんだよね~と盛り上がる。

家に帰って畑を見回り。苺はどうかな。

あれ? なんだか白い。近づいて見ると、鳥に半分、突《つっ》かれてた。悲しい…。

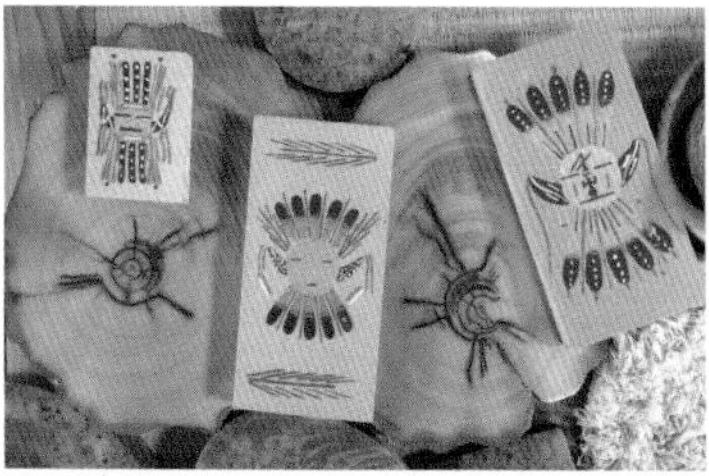
2/7　カヤの木の模様が思い出させた

2/4　藻玉をシンプルに改造

2/12　初ブロッコリーとミニミニかぶ

2/11　栗のイガみたいだった枝をスパッと切

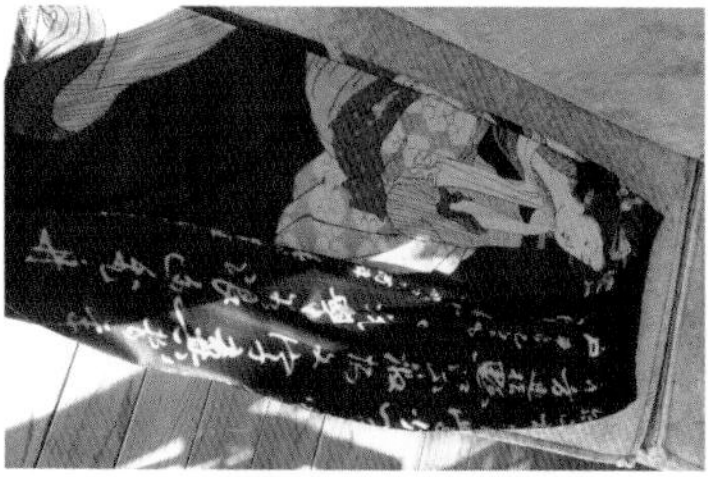
2/15　ちょうどウエストのあたりに顔が

2/13　ふきのとうの天ぷら

2/27　自家製牛タンジャーキー完成

2/17　じゅうぶんに穿きつくしたパジャマ

3/3　今日のおつまみ　干し柿ノ　ズなど

3/1　オニヒトデのような草がたくさん

3/5　堅くなってしまったフォカッチャ

（幻となった）ふくちゃんへちまたわし

茹でて柚子味噌で食べる

ヤブカンゾウの新芽が出た

種置き場を作りました

3/7　大事にしている藻玉たち

3/21　ツタの葉が枯れて現れた姿にびっくり

3/12　サワーポメロのピール　ちょっと苦い

4/2　ビーツの酢漬けなど瓶6本分も

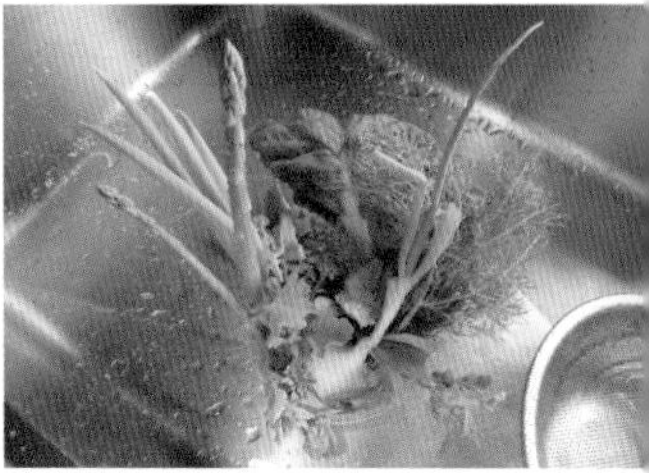

3/29　今日の畑の野菜

4/4　パンを焼いた

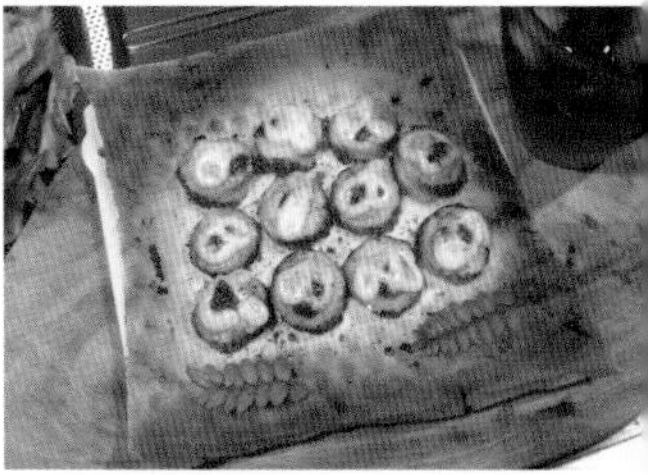

今日のおつまみ　ちくわチーズ　バジル味

4/6　木のふしに焼きゴテで　たまに失敗しつつ

ネギのつぼみを焼くと膨らむ

4/10　畑全体を道の上からじっと眺める

4/8　ビーツサンドイッチ

4/12　新玉ねぎとゴボウの天ぷら

4/11　あの味を求めて何度も挑戦

22　キバナニオイロウバイ　すごくいい匂い

4/15　エビネランの安いのを6鉢買った

4/26　素焼きナッツのチョコがけなど

4/24　ノヂシャ　小さな花束のよう

こちらはビーツ味

焼酎の水割り　ミント味

4/28　ミントシロップを作

引き出しが開きっぱなし　4つも

5/4　ちいかわシャツでチキン南蛮

5/5　霧島神宮の奥にある若宮神社で

雨のポピー畑　遠くが真っ白だった

5/15　きれいな立方体になっていた梅干しの塩

5/12　桑の葉　左が温泉の　右が家の

5/17　さつきにんにく収穫

椎茸のマヨネーズ焼きと焼きそら豆

5/20　鮮やかな赤い色のカラー

イタリアンライグラスを敷いた

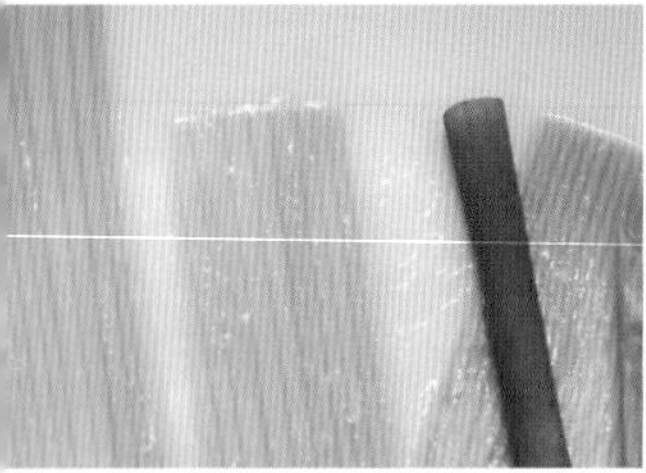

ネギの緑色の線がきれい

5/23　いちごが3個できた

5/28　ビー助、脱皮？　長々と木の枝に

5/26　リフォーム湯上り着　着たのは一度だけ

泰山木の花が咲いた

6/7　剪定枝の山

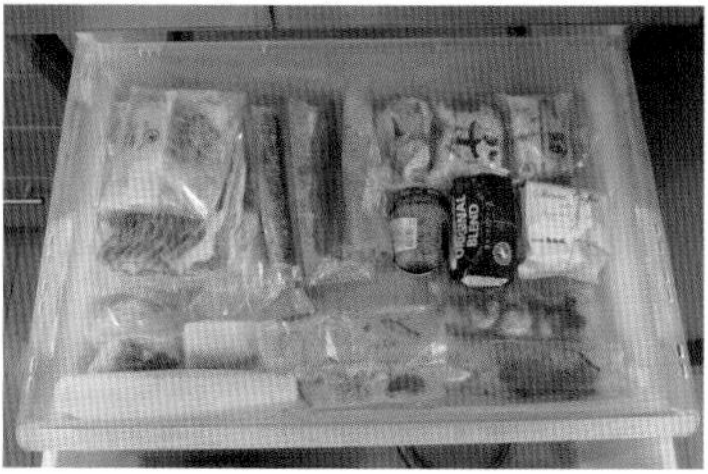

冷凍庫の上の段　こまごましたもの

6/17　冷凍庫の下の段　ビーツや保冷剤

冷蔵室　調味料がほとんど

野菜室に野菜はない

6/23　テーブル焦がす…

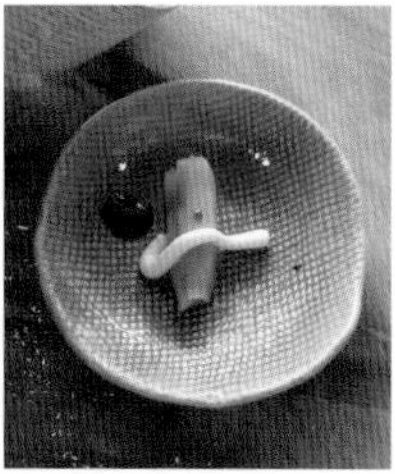

蒸し器で蒸した

6/22　ヤブカンゾウのつ

8　種の整理　青大根、小松菜、えんどう豆

6/26　なにか動物がやってきた！

がチーズのおつまみ　薄くてパリパリでおいしい

7/2　ヤブカンゾウの花とスタンプ

7/12　きざみメカブと
アーモンド小魚のおつまみ

7/7　白い薄焼きせんべい
みたいな…これもキノコ

7/5　なにか白くて丸いものが！
キノコだった

7/20　バッサリ強剪定したらスッキリした

7/18　苔で土落とし　それと今日の収穫物

でも半分は食べよう。

台所で鳥に突かれた部分を包丁で切って、残りを食べる。

ものすごく味わって食べた。おいしかった。

4月22日（土）

天気がいいのでたくさん洗濯する。

今日も庭と畑。

庭で、黄緑色のキバナニオイロウバイが咲いているのを発見。匂いを嗅《か》ぐと、ものすごくいい匂い。ほんのり繊細な、甘い、スイーツの匂い。メロンのような、カスタードクリームのような。私が今まで嗅いだ花のいい匂いナンバーワンかもしれない。

あと、数年前に植えた宿根草の花が可憐《かれん》に咲いていた。枯れたと思っていたのでとてもうれしい。

野菜の種をポットに蒔《ま》く作業をする。今年は慌てず、少しずつやる予定。

温泉で、きのうのふたりに苺が鳥に突かれてたことを話したら笑ってた。次に赤くなったらネットで保護せねば。

4月23日（日）

叡王戦第2局。

あいまにちょこちょこ庭と畑を見回る。

昨日のキバナニオイロウバイはどうかな。匂いを嗅ぎに行く。今日は何度クンクン嗅いでも匂いがしない。時間や気温が関係するのだろうか。

藤井叡王が負けてしまった。

映画紹介で偶然知った「スマイル」というホラー映画をレンタルして見た。途中でやめようかと思ったけどもったいないので最後まで見たが、見なければよかった…。

4月24日（月）

曇り。空は白色。

今日は歯医者に行ってから、友だちの家にジンジャーリリーの球根をもらいに行く。

掘り上げ用の道具やバケツを車に載せて出発。

歯医者でクリーニング3回目終了。今日も待っている時間にレントゲン画像をじっと見る。確かに右上の奥歯のまわりは黒い影になっている。今日で終わりかと思ったらあと1回あるそうで帰りに予約を入れる。念入りだね。

友人のピンちゃんちへ。雨がポツポツ降ってきた。

ジンジャーリリーの株を見に行くと、芽が少し出始めていた。ぎゅうぎゅうになっているあたりにスコップを突き刺す。大きい生姜《しょうが》のような根っこをひとかたまり。小さいのも。うれしい。

お土産に、欲しがっていたハツユキカズラとイワダレソウのつるをどっさりあげる。去年の秋にあげたタイムがきれいに芽吹いていた。その中に、「かわいい草の花が2本咲いてるの。なんだろう、これ。調べたけどわからなかった」というので見たら、私の一番好きな雑草のノヂシャだった。タイムの中に種が入ってたんだね。

「私の庭のノヂシャだよ。ここに引っ越しだ」

うちの庭でも今、たくさん咲いてる。大事に見守っていたらだんだん増えてきた。小さな小さな花束みたいなとてもかわいい花。

ところで、家にあるお米を全部食べたので、ついに去年保存した籾《もみ》をコイン精米機で精米してきた。6キロ分。初めての操作なので緊張でドキドキ。やり方がわからずにあたふたしながらどうにかできた。よく見たら壁に説明書きが貼ってあった。

自分で精米したお米を炊いて食べたらおいしかった。

そこでふと思った。

去年、食糧危機が来るかもと心配して米穀貯蔵缶を買って、籾をセッセから買った。貯蔵缶は7・5俵缶で450キロ入る。そして買った籾は150キロ。

買いすぎじゃない？

今、食糧危機がすぐに来るとは思えない。この残りの籾、どうしよう。2〜3年分ある。今年の新米は食べずになくなるまで古米を？

うーむ。

貯蔵缶はこんなに大きいのじゃなくてもよかったわ…。大、中、小とあって、そのいちばん小さい3俵、180キロというので充分だったわ。大を買ってしまった。

あ〜あ、またせっかちに急いだから。

まあ、いつか役に立つかもしれないし、役に立たなくても、しょうがないからしばらくはこれを食べ続けよう。いつまでかは考えずに…。

先日買ったニオイバンマツリ。こんなに強い匂いだったかと驚く。

畑ではそら豆が2年連続、全滅。

メルカリショップスで新しいグッズを販売。あの「顔」トート。なぜこれを作ったかは、今では謎。まあゆっくり売っていこう。売れなくてもかまわない。欲しい人がいれば。味のある「顔」だから。

サウナで水玉さんにお米の貯蔵缶のことをぐちる。
私「なんであんな大きいのを買ったのか…。深く考えずにせっかちに行動して。私は自分のこういうところが嫌い」
水玉「非常事態になったら中に隠れたら?」
私「人知れず死んでたりして」
アハハと笑って気が晴れた。

4月25日(火)

雨。
今日は一日中、グッズの梱包《こんぽう》作業。細かく気をつけるところがたくさんあって終わったのが午後4時。しかも、ちょっと間違えてしまったのでそのリカバリーを明日《あした》しなければいけない。

連日の庭作業で両足のむこうずねの外側に疲れがたまってる。最近よく見る長さ40センチぐらいのマッサージローラーを転がしたらいいんじゃないかと思い、注文した。

それが今日、届いた。

マッサージ、コロコロしてみる。

うーむ。効く。直接だと痛いのであいだにコタツ布団を入れてコロコロする（これは痛すぎて結局それっきり）。

夕方、温泉へ。雨のせいかお客さんが多い。特にサウナはめずらしく満員バスの中かと思うほどぎゅうぎゅう詰め。早めに外に出て温泉に浸《つ》かった。

亡くなった人の戸籍謄本集めが超簡単になるそう。最寄りの役所でできるようになるんだって。私は自分が死んだ時に子供に面倒をかけないようにと、数年前にかなりの時間をかけて過去の戸籍謄本を引っ越し先すべての役所から取り寄せたのに。

こうやっていろんなことがだんだん簡単になっていくかもしれないので、あまり先のことを思い悩む必要はないなと思った。

今のことだけを考えよう。結局それがいちばん合理的かも。

ドイツ在住のオペラ歌手の車田和寿《くるまだかづひさ》さんという方がクラシック音楽の魅力を伝えてくれている動画をたまに見ている。クラシック音楽にはまったく詳しくないのでかえっていっそう興味深くておもしろい。最初に知ったきっかけはカノンの解説だった。それからふとした折りに拝見しているが、特に芸術に対する考え方に共感する。芸術の崇高さを語るところ、聞くと本当に気持ちがよくなる。最後のおやつの時間も楽しみ。

4月26日（水）

今日もコツコツ、作業。

雨から曇り、そして晴れへ。

ビー助、最近見ないなと思ったら、別の場所で発見。庭の反対側の石垣の上に堂々ととぐろを巻いて寝そべっていた。この庭は安全だと思ったのかもしれない。

もらったジンジャーリリーを植えつける。南西の角の木の下。どうかうまく根づきますように。そのほか、メルカリで買ったハーブの苗を5つ植える。どの苗もあまりにも小さくて驚いた。10センチぐらい。5種類で780円だからそういうものか。現物を見ないで買うんだからね。こちらも大きく育ちますように。

そういえば去年、肩の部分をハサミで切って寝やすくなったマットレス。時間がたってだんだんへたってきた。もうあまり効果は感じられない。やっぱり普通のでいいかも。

それから、ふと思い立ってガーゼのパジャマを買ったショップの通販サイトを見てみた。するといろいろな種類のパジャマや部屋着があった。早くここで買い替えればよかったか。今度は紺色のガーゼパジャマを購入。

他にも欲しいもの、ガーゼのパンツやTシャツ、ワンピースがあったのでこれからたまにのぞいてみよう。ここの服だけで生きてもいいかも。ただ、安くないので(1〜2万円ぐらい)パッと買う気にはなれない。後日また考えよう。

夜。

素焼きのナッツを買った。クルミ、アーモンド、カシューナッツの。そのままではなんだか食べる気にならないので、チョコートを注文して、「よいしょっ」と飴《あめ》がけとチョコがけを作った。これでよし。ニゲラさんにもらった巨峰の干しブドウもチョコがけにした。

4月27日（木）

いい天気。外の作業日和だけど今日は名人戦の第2局。8時半までにひと仕事。畑で人参《にんじん》の芽の間引き、剪定枝《せんていし》置き場で大繁殖したミントをシロップ用に摘む、庭のふきを摘む。

将棋を見ながら手作業いろいろ。

ミントシロップのレシピにはミント50グラムと書いてあった。すこし多めに摘んだと思ったけど、なんと173グラムもあった。

色止めして、フードプロセッサーで細かくして、砂糖をまぶしてしばらく待つ。待ち時間に庭をまわる。また庭に何かの動物が来たよう。地面のところどころに穴が開いている。しかもいつもより大きい。大きいアナグマか。

ふきと鶏肉《とりにく》と油揚げの煮物も作る。ふきねえ…。なかなか難しい。きれいな色で薄味の料亭で出てくるようなふきの煮物を作りたいが。

ふきの煮物、ぼんやりとした味のものが完成。

ミントシロップは途中。

4月28日（金）

名人戦、二日目。

始まる前にパッとヤマト運輸に行ってネコポスを出す。

ついでに声の小さいパン屋さんへ。明太子《めんたいこ》フレンチ、2つの味のカレーパン、バゲットを購入。


将棋を聞きながらガーゼ服のサイトをふたたび見る。

そういえばここは20年以上前にバスマットを気に入って10枚も買ったところ。

そうか、私けここが好きなんだ。だったら大丈夫かもしれない。でも品切れが多く、欲しいのはほとんど残ってなかった。最終的に、あるものの中からパンツ3枚、シャツ類5枚注文した。合計12万円弱。ガーゼの服だから軽くて着やすいはず。楽しみ。外に着て行けるかどうかが勝負どころ。一応その予定だけど、ガーゼ素材なのでどうだろうか。

さて、冷蔵庫で寝かせていたミントシロップの葉を濾《こ》して、ミントシロップができあがった。150㎖。

うん？　透き通ってないのはなぜ。白を混ぜたような不透明なモスグリーン。まあ、いいか。さっそく今日、黒糖焼酎《しょうちゅう》の水割りに入れて飲んでみよう。ビーツの赤紫とミントのグリーンを交互に…。天然のきれいな色の飲み物って大好き。

今さっき、ショコラ&シャンパーニュが届きました。

迷いに迷って定期購入して、その後、また迷ってキャンセルして、その後考えて、ふたたび購入したというあれ。頑丈な段ボール箱に入っている。そして他の美味《おい》しそうなもののチラシがたくさん。これでもかと入ってる。こういうのを注文する人はこういうのに弱いと知ってるから。詐欺に騙《だま》される人は同じ人と言うし。通販を買いやすい人も同じだ。さあ、じっくり見るか。

見ました。特に欲しいものはなかった。よかった。チラシが12枚も入ってた。赤ワインを飲まなくなったので助かった。赤ワインだけで5枚もあった。他には、チーズ、ハム、サーモン、ハチミツとバター、バジルソースなど。1枚めくるたびにホッ。命びろい。

でも、シャンパンをしばらく飲んでなかったので飲みたい気持ちがなくなってることに驚く。黒糖焼酎の水割りに慣れてしまった。

今、時間は4時半。将棋は藤井竜王やや劣勢…。苦しそうだ。

今、5時すぎ。五分五分になってる。

今、7時、優勢に…。

将棋を見ながら、黒糖焼酎のミント割りとビーツ割りを作る。きれい。それぞれに癖があっていい。ビーツは土とか根っこの味。ミントは苦み。大地由来の癖のあるものは「いい」と思う。他にも何かでエキスを作ってみようかな。


自然農を始めて3年目に入ったところで、思ったことがあった。

最初の年、芦刈り中、うっかり切ってしまった枝豆を次の日に草の中に見つけ、萎《しお》れてるけど莢《さや》が膨らんでるからもしかしたら食べられるかもと思って、中の豆を焼いて食べてみたらものすごくおいしくて驚いた。それからルッコラの花がルッコラの葉っぱの味がして、その不思議さ、自然のきれいな形にも驚いた。1センチほどの小さな新芽たち、スプラウトのそれぞれの味にも驚いた。

2年目は、もうそのような小さなものには目が行かず、不出来なトウモロコシを剥《む》いてその場でかじりついた時の甘さ、初めて人参の形がボコボコではなくきれいにできて、その味のまろやかさ。大根もボコボコじゃない水気のあるのができた。

今年、買った苗だけど玉ねぎが初めてできて、小さかったけどすごくおいしかった。火を入れると甘くてトロリとしていた。

今まで知っていた野菜の味をそのたびに更新していった。

自分で作った野菜は、特に、たぶん自然農の野菜の味は、なにもかも本質的に違う。それがどういうふうに違うのかを説明するには今の生き方を伝えなければならないだろう。自分の、生き方の味がする。

年を追うごとに、その年にだけ知ることのできる味がある。最初の年のあの新鮮な味を、3年目の私はもう味わうことはできない。たぶん、4年目は4年目だけしか味わえない味があり、5年目には5年目、10年目、15年目、とその年にしか知ることのできないものがあるのだろう。

それは不可逆的なものだと思う。人生が不可逆的であるのと同じように。

それで思った。

どの年も、どの瞬間も、私たちはその時だけしか知りえない今を経験している。

今、味わえるものは今にしかない。それをハッとわかることは、どんなにびっくりするような感動的なことだろうか。

だから3年目の私は、3年目の今を大事に経験しようと思う。急がなくてもいい。早く上手にならなくてもいい。下手な今でしか味わえないものは今にしかないから。

ゆっくり今を見ようと思った。

8時前、藤井竜王の勝ち。すごく難しい勝負だったみたいで、画面越しに見ているだけでも重々しく、疲れました。

4月29日（土）

今日は朝からシトシト雨。一日中、降り続くという予報。庭も畑もできない。なので今日は休養日。最近、疲労がたまっていたのでちょうどいい。ホッとするわ…。

さて、気分がしっとり落ち着くこういう日は「ほとり」の録音日和。ほとりというのはnoteというインターネットサービスでやっている音声ブログ「静けさのほとり」のこと。この4月から一新して、たまに気が向いた時に20〜30分ほど気ままにゆったりとおしゃべりする、という内容に変更しました。聞いている人は百人ほどで、町のカルチャーセンターに集まる静かな仲間という趣。私もリラックスして、思っていること、思いついたことをポツポツ話したり、コメントに答えたり。

今日そこで話したことに近いのですが、私が今やろうとしていることは、これから死ぬまでのあいだを、どうしたらより心地よく、死ぬことが怖くなく、安らかに生きていけるか、を考えながら実践しながら生活をしていくこと。

食べ物に関しては自然農を始めてほぼ不安はなくなった。服は今、着やすく、着心地よく、どこも苦しくない服を模索中で、ガーゼの服をたくさん買ってみた。人を喜ばす服ではなく自分が気持ちいい服を着たい。もうモテなくてもいいから、らく。

生活の内容としては、仕事、庭仕事、畑を無理なく、楽しめる程度の力でやっていく。気を遣う人間関係はほとんどないのでこちらは問題ない。夕方の温泉がリラックス&頭の中の整理整頓《せいとん》タイム。精神的には考え事の内容を深めつつ、身体を休めながら（夢中になるとあちこち痛めるぐらいやってしまうので）、静かな心境で過ごす。

そして、やがてくる死をできるだけ安らかな気持ちで迎えられるように意識しながら、日々を味わって暮らす。

そういうことをしていくだけでたぶん忙しく、やることはいっぱいで退屈する時間はない、はず。と思う。

4月30日（日）

まだ雨がポツポツ降ってる。

今日も家の中にいて、中でできることをしよう。ふきを摘んで下茹《したゆ》で。明日《あした》は枝豆の種まきと家の掃除をしよう。あさってカーカたちが帰ってくるから。

トレイに植えたトウモロコシの芽にペットボトルで水をあげてたら、手がスルッとすべって芽を直撃。ぎゃあ。ふたつ、芽がぽっきりと折れた。悲しい〜。気をつけなくちゃ。

仕事部屋の片づけをする。

端境期。今日採れた野菜。アスパラ2本、さやえんどう少々、えんどう豆、極小玉ねぎ2個。そして2個目のいちご。いちごは洗ってすぐに食べた。おいしかった。

温泉のサウナで。
けがや病気のことを聞きたければ経験談には事欠かない。
今日隣にいた方（ツツガムシに刺されたあの人。72歳）は先日濡《ぬ》れたテラスですべって右手を骨折。やっと包丁を持てるまでになったけどとても不便だったそう。
その次に隣に来た70歳の方は、孟宗竹《もうそうちく》が右腕に落ちてきて筋を切ってしまい手術をしたばかり。そして背骨にすべり症の持病があり、6回ブロック注射を打って、もう注射は嫌だと思い、今は鍼《はり》とお灸《きゅう》に通ってるそう。

ふうむ。一緒に聞いていた水玉さんと気を引き締める。

今年初、えんどう豆を煮る。いい味。

私は読者の方から、この詩のこの部分が好きですというのを聞いて、改めて見直して、私も、と思うことが多い。今日は「偶然」という写真詩集の中の「君のすべての明日」の詩の、

明日から六月
僕の六月がいい六月になりますように
そして君のすべての明日が
いい明日でありますように

という文が大好きです。というのを読んで、私も、と思った。

あと、幻冬舎《げんとうしゃ》文庫の「生活」という写真詩集の詩もおすすめ。少年詩です。

5月

5月1日（月）

お天気がよく、今日はやることがいっぱい。

庭の一角に黒い花壇、ブラックガーデンを作ろうと思い立ち、黒いダリアやヒューケラ、オダマキなどを買った。それらを植えよう。

ダリアの球根は深い穴を掘らないといけないと書いてある。その一角は数センチ掘ると石と土が圧縮された硬い層になってしまう。家を建てる時にローラーで踏み固められたのだ。なので表面しか根が張れない。おかげで強い草が生えずに手入れはしやすいのだが、こういう時は困る。まず小さい苗を植えこんで、最後にダリアを2つ、ガツガツと石を掘り出してどうにか植えた。30センチ四方と書いてあったけどとても掘れず。10センチ×10センチぐらい掘っただろうか。

午後は畑でじゃがいもの土寄せやえんどう豆の収穫、スナップエンドウのあと始末。畝の形をすこし整える。里芋の辺りの土が少ないのでそこにも土を盛り上げなければ。

今日、温泉帰りに首に下げたバスタオルをふと見て、これもあのガーゼ服の店の商品だと気づいた（正確には同じ会社の別ブランド）。バスタオルは20枚ほど持っているが、これが一番軽くて水を吸うので毎日愛用している。

そうか…。やっぱり、あそこかも。私に合う店は。このバスタオルも使いすぎてところどころ穴が開いてる。ここまでになるとますます使いよくなる。

エントロピーの増大、という言葉がなぜか好き。広がり、散らばっていくものはもとにはもどせない。小さくぎゅっと集めたビーズの玉をパッと広げたら元にもどすのは難しい。エントロピーは増大し続ける。それが宇宙の法則。

物事は放っておくと乱雑・無秩序・複雑な方向に向かい、自発的に戻ることはない。自然に拡散していく。その方向は不可逆的で無秩序。

私が初めてフラクタルの説明を聞いた時に感じた気持ちのよさを、このエントロピーの増大にも感じた。それ以外に好きな言葉は、通奏低音、車体感覚。

5月2日（火）

今日の夕方カーカとサクが帰ってくるので、掃除や買い物、畑仕事などその前にやることをやっておかなければ。ちょっと買い物に行ってきます。

行ってきました。

スーパーで最低限必要なものをちょこっと購入。玉子やお肉、エビなど。それから畑で種をいくつか直播《じかまき》する。

夕方温泉にサッと入ってきてから空港へ。

夜はうなぎにしようと思って途中にあるうなぎ屋さんに寄ったら、もう閉めるところで、ちょうど1尾だけあるという。3尾買おうと思ってたけど、その1尾を買う。

駐車場で。昨日着いて友だちと遊んでいたカーカと、今到着したサクと同時に待ち合わせ。無事に会えた。ここまでカーカを送ってくれた友だちのリーに車の窓越しに挨拶《あいさつ》。「元気ー？ またねー」

どちらもニコニコ。

カーカが鶏刺《とりさ》しを食べたいというのでスーパーに寄ったけどもうなかった。アボカドを買う。家に着いた頃には暗くなっていた。

うなぎ、エビのつまみ、お肉を焼いたり、カーカがアボカドの何かを作ったり、適当にあれこれ作りながら食べる。畑の玉ねぎが甘いから食べさせようとじっくり焼いてあげてたら、一緒に焼いていた宮崎牛を焦がしてしまい痛恨の極み！

5月3日（水）

いい天気。

お昼は私の好きなカフェへ。

ランチにローストビーフ丼があったので3人ともそれにした。

それから「しまむら」で買い物。このあいだTシャツをたくさん買ったのに、またいいのを見つけてしまった。女性用の無地のTシャツがたくさんあった。なんだあるじゃん。時期によるのかな。カーカたちも好きなアニメキャラのシャツがあったそうで熱心に見ていた。全部で20枚以上、2万5千円だった。レジで、ふたりがポケモンカードを見つけてざわついている。おひとり様2個までとなっていて、3人だから6個、買ってあげた。

車で家に向かう時、ふとカーカがレシートを眺めて、「あれ！　カード7個打たれてる」と言う。

えっ？

で、確認して、いろいろ話して、Uターンして店へ戻った。気づいてしまったからには言いたい。

「よく見たね」

「たくさん買ったなあ…ってぼんやり見てた」

クレジットカードの修正が大変そうだったらカード、もう1枚買いましょうかって私が言ってみるということになった。そうなったら嬉《うれ》しいね、って。

お店に戻って、少し緊張しながら説明し、カード、もう1枚買ってもいいですよと言ったら、スルッとスルーされて、「申し訳ありませんが最初から打ち直させてください」という。その女性がバイトっぽい女の子に打ち直しを指示した。

まあ、しょうがないかと、待つ。小さい袋に入っていたものもいちいち開けて20数個打ち直し。ジリジリと待っていたら、半分ぐらい終わったところでさっきの女性が戻って来て、「店長に相談したらもう1枚購入されてもいいとのことです」。

あら、よかった。で、途中まで打ち直ししていたのをやめて、また袋に戻してた。

「お手数おかけしました」お礼を言って帰る。

疲れたけど、まあ、よかったと私たち。ポケモンカードをひとつ多く買えたから。

あのまま打ち直しされていたら、間違ったのは向こうなのにこっちは時間を30分ぐらい無駄にして、いいことなかったから、よかったね、とカーカとさんざん話しながら帰る。興奮したわ。

ぐったりとなっていたところにしげちゃんとセッセが挨拶に来た。

少し話して、庭の花を見せる。

疲れすぎてみんな昼寝。

夜は近所の居酒屋へ。味は…うーん。まあまあ。ふたりにセブン－イレブンでアイスを買ってあげて、食べ食べ帰る。

5月4日（木）

雨がシトシト。

ふたりとも起きるのが遅いので朝は自分のことができる。

注文していたガーゼのシャツやパンツが届いたので全部を試着してみた。どうかなあ。

すると、ふわっと軽くてやわらかくて、大きさもゆったりしていてすごくよかった。ひとつだけ幅が広すぎると思うパンツがあったぐらい。

買ったのは紺色の服が多くて、なんとなく古民家風旅館の従業員の制服を連想させる。

ここの服を私の制服にしてもいいかも。作業着はしまむらのシャツ、普段着はガーゼ服。今持ってる窮屈な服はもう処分したい。小さくなってきて動きづらかった服は、痩《や》せるのを待ってたけど、もう捨てよう。

　その服を着ていて、私らしい、と思えるような服を着ていたい。今までそう思えた服ってそういえはなかった。


　昼はみんな大好きなチキン南蛮を食べに行く。カーカとサクは昨日買ったちいかわのシャツで。

うれしく食べ始めてると、甘酢ダレの味がいつもとちょっと違う、とカーカが指摘。確かに、いつもより酸っぱい。私はそれよりも甘酢ダレの量が少ないと感じた。甘酢ダレにたっぷりとしみた衣がいいのに。

　またポケモンカードを買って帰る。家に戻ってみるとクロゼットの引き出しがいくつも開いてる。ちょっと〜。どうよこれ。

「サクー、見てー」

「急いでたから」

　変わってないわ。閉めないところ。

今日は霧島温泉のホテルに泊まって、カーカはそこから明日《あした》の朝、帰る予定。

車の中で、子どもたちに
人生アドバイス、
ふたつ。
1、うまい話はない！
教訓！
2、本当に変な人（悪い人）っていうのが、まれにいる！
ので、注意！

行く途中に生駒高原に寄ってみた。今、ポピーとネモフィラが咲いている頃。でも雨がだんだん強くなってきて、駐車場は下が土なので水たまりがいっぱいできていた。

カーカは車の中で待ってるという。でも一応、公園の中まで3人で入ってみた。

雨と霧で遠くが白く霞《かす》んでる。

イベントをやっていて歌を歌ってるけど観客はひとり。

雨が強いのでカーカは売店でやっぱり待ってると引き返した。私とサクはアイスランドポピーとネモフィラがどんなふうか見に行く。

花は奥の方で雨に濡《ぬ》れていた。晴れたらきれいだろうね。

カリフォルニアポピーはどれもこれも花びらをぴっちりとロケットのように閉じていて、その姿がおもしろかった。

ホテルに到着。ここは、知人がよかったよといってたところ。昔からある大きな温泉ホテルで、最近リニューアルされた。知人は新しくなった部屋に泊まって、新しい温泉とおいしい食事を堪能《たんのう》したそう。

でも私がゴールデンウイーク直前にどうにか予約できた部屋は古い小さな部屋だった。そこはトイレが昔のままのタイル張りで、鉄の部分は錆《さ》びている。悲しい。廊下もそのフロアだけ薄暗く空気がよどんでいた。

沈んだ気持ちでカーカと展望風呂《ぶろ》へ。そこはリニューアルされてきれいだった。次に1階の露天風呂にも行ってみた。そこは内風呂はなくて露天だけ。でもここも新しくてきれい。雨のせいか森の匂いが濃く、モミジに囲まれて、すばらしくいい雰囲気だ。

カーカと「ここはいいね、いいね！」と褒め合う。他に人はいなくて、深い木々の匂いを吸い込みながらぼーっと静けさに包まれる。

気分がよくなった。

夕食も、天井の高い新しいレストランでおいしい和食を食べることができた。最初の前菜も素敵に盛り付けられて、みんなのテンションが上がった。

ご機嫌になってボロボロの部屋に戻る。これで部屋が新しい部屋だったら…。布団に寝ころがってホームページの新しい部屋の画像を羨《うらや》ましく未練がましく何度も見る。

5月5日（金）

朝食もおいしかった。カーカはそのままタクシーで空港へ。

入っていなかった温泉2カ所に入る。今度はどちらも古かった。

このホテルはリニューアルされた部分とされてない部分の差が激しく、どのエリアを体験するかで印象がかなり変わる。私たちはどちらも体験したので印象も極端。

そういえば昨夜、私はいびきをかいたそう。夜中に2度、サクが布団を直してくれたなあと思っていたが、そうではなく、私が「いびきをかいたら横向きにすれば止まるそうだから体を横向きにしてね」とお願いしていたから、どうにか起こさないように布団を使って体の向きを変えようと工夫していたらしい。ショック。もう一緒の部屋に寝るのはやめよう。そうしていたのに今回はこの部屋しかとれなかったので。

チェックアウトして、私とサクは、霧島神宮、高千穂《たかちほ》牧場と観光しながら帰る。どこも人がいっぱいだった。

それからお蕎麦屋《そばや》さんへ、お気に入りのあんぱんを買いに立ち寄る。そこも大行列。車を停めるのにもひと苦労。あんぱん3個ときな粉あんぱん2個とびわのシロップ煮を買う。シロップ煮は大好きだから、2袋、いや、3袋買おう！

買う時に何か違和感を覚えたが、急いでいたので深く考えなかった。

車に乗ってから気づく。

これはびわじゃなくてきんかんのシロップ煮だ。びわが好きで、きんかんは好きじゃないのに。しまった！　間違えた。3袋も買っちゃった。

ガックリ。


次に、静かな火口湖、御池《みいけ》へ。

新しいカフェができていて、駐車場も整備されていた。すっかりきれいになってる。できたばっかり、みたいなカフェでテイクアウト。

うなぎおむすびとから揚げを買って湖を見ながら車の中で食べた。スワンやカヌーを眺めながら。湖面が白く反射していた。

リンゴあめの店に寄ったらトマトあめがあったので2個買う。

途中の町でまたサクがポケモンカードを探して（なかった）、家に帰る。

夜はゆっくり。畑のえんどう豆で豆ごはん。

「RUN／ラン」というサイコ・スリラーを見る。「サーチ」の監督だって。だったらおもしろいかも。途中、ちょっとうたた寝した。

終わって、「えっ？」とふたりで顔を見合わせる。「ふつうだったね」。

5月6日（土）

朝7時、サクを空港に送る。

今日は叡王戦第3局。家に帰って、ちょうどよく始まった。


雨が降っている。

ず〜っと雨。

育苗トレイを見ると、ズッキーニときゅうりの芽が出てる。

ひょうたんの種の蒔《ま》き時は4月だって。まだ蒔いてない。あわてて蒔く。

庭の花が次々と咲いている。ヤマボウシ、クレマチス、テイカカズラ、いつのまに。

そういえば、スパークリングワイン3本セットが届かない。もしかすると申し込みがうまくできていなかったのかもしれない。だったらもういいや。

将棋は大熱戦の末、藤井叡王の勝ち。見ているだけで、ふー、疲れた。

5月7日（日）

今日も雨。しかも大雨という予報。

確かに、午後になってすごい雨になった。玄関前の野菜のトレイが強い雨にあたらないように奥へと移動させる。

外は昼間も薄暗く、今日は温泉に行くのはよそう。

5月8日（月）

晴れ。ゴールデンウィークが終わって今日から平常運転。畑ではいろいろな種を蒔く。育苗トレイに蒔いたけど芽が出ないつるありインゲン。種が3年前のだからか。間違えて買ったきんかんのシロップ煮のきんかんをとりだして日に干す。ドライにしたら食べるかも。

午後は庭仕事。弱っていた木が芽吹いていてうれしい。

ひさしぶりの温泉へ。なじみの顔をたくさん見てホッとする。

5月9日（火）

さわやかないい天気。

昨日はまだ疲れが残っていて本調子ではなかった。

今日はやっと目が覚めたよう。よし！　自分のペースを取り戻そう。

落ち着いて進むおだやかな日々。これが好き。


つれづれ新刊「退屈ピカリ」の誤植をまた読者の方から教えてもらった。p43、8月12日のスイカの話のところで、「もう責めずに待とう」は「もう攻めずに待とう」でした。すみません。そしてありがとうございます。

カーカに送るために籾《もみ》を精米しに行く。10キロぐらい。自分用に玄米も少し。

コイン精米機を使う時はやはり緊張する。音が大きいので。

5月10日（水）

今日もいい天気。

王座戦の挑戦者決定トーナメントがある。それから歯のクリーニングの最終日。あとカーカに荷物を送らなくては。

今、食べられるものは庭のふき、ニラ、ネギ、えんどう豆。このあと夏野菜の収穫までどうしよう。何もなくなったら、豆腐や油揚げ、納豆、玉子など普段からお店で買うものを多く貰って食べよう。

私の夏野菜が収穫できるのは7月以降だろう。

昨日、いちごの手入れをした。草整理をして、日陰の葉を取って、のびたつるを抜いて、いちごの下に汚れ防止のトレイを敷いた。赤くなるたびに1個ずつ食べているが、本当に収穫はうれしい。

野菜作りで嬉《うれ》しい瞬間の1位は芽が出た時、2位は初収穫の時、3位は、…なんだろう。ダメになりかけて復活した時、かな。

歯医者へ。クリーニングが今日で終わった。うれしい。右奥のいつ抜けるかわからない歯について、今日はいいことを聞いた。

私「奥歯、たまにうずくように痛みます」

先生「抵抗力が落ちた時にそうなりやすいんですよ」

私「はい。疲れた時とか忙しい時に…」

先生「とにかく一番大事なのは掃除です。毎日の歯磨きを丁寧に。それによって、もしかすると一生抜けないかもしれないですからね」

えっ？　ホント？

いつ抜けるかとビクビクしていたのだ。そうか…抜けないかもしれないんだったらがんばろう。力を入れすぎないように、そ〜っと小刻みに振動させることが肝心。

家に帰って将棋を見る。外はとてもいい天気なので家の中にいるのがもったいないほど。

夕方、いつもの温泉へ。

手ぬぐいを額に入れてあげたらロビーの壁に飾ってくれている。それを見て連休中、「とってもいいですね〜」と何人ものお客さんが褒めていたそう。うれしい。前の号のエピソードを読んだ読者の方がちょこちょこ注文してくれるし、もうこれで満足。

前にサウナ仲間からもらった色の赤っぽい海苔《のり》。50枚ほどもらったので一部は海苔の佃煮《つくだに》にして一部は友だちにあげた。それでもまだ33枚、残ってる。

どうしよう。

韓国のりの作り方を知って、ゴマ油をぬって、塩を振って、フライパンで空焼き、小さく切り分け、冷凍庫に。つまみにいいって。

それを食べてみた。ちょっと味が薄かったけど、おいしい。これなら全部食べられそう。もうちょっとゴマ油をたくさんぬればよかった。塩ももっと振ればよかった。

5月11日（木）

畑で草整理。小さないちごを収穫。今回のはあまりきれいな形じゃなかった。

午後は庭仕事。あれもやらなければ、とやることがたくさん。裏庭で今後の剪定《せんてい》計画を練りながらチョロチョロと草を取る。

小さな道を隔てて小学校がある。飼育小屋の裏でランドセルを背負った1年生ぐらいの男の子がふたり、何かを探してる。私を見つけて、「こんにちは～」「こんにちは～」と大きな声で挨拶《あいさつ》をしてくれた。

「こんにちは～」と私もうれしく返事する。

「なにしてるの？」と聞いてみた。

「カエルを探してます」

「何色の？」

「茶色」

「ああ～。いろよね～」

ほんわかした。

今日の温泉。連休も終わり、いつもの静けさが戻ってきた。

サウナには私、ハタちゃん、水玉さん。

水玉さんが急に、「ウンチの色、何色?」と聞いてきた。

私「うーん。茶色と焦げ茶色のあいだぐらい?」

水玉「だよね。昨日、評判の地鶏《じどり》の里の湧き水を買いに行って、午後からごくごく飲んだら、今朝、ウンチの色が黄色だったの。旦那《だんな》も同じ」

私「え? 水のせい?」

水玉「それしか考えられない」

その地鶏の里の水は以前はタダだったけど今は有料で、4リットル100円、10リットル200円、20リットル300円…というふうに販売されているという。私も買いに行こうかな…。

5月12日(金)

今日も庭と畑の作業だ。

その前に買い物へ。昨日の水が気になるので来週買いに行こうと思う。まず水を入れるボトルを買わなければ。ホームセンターで探して5リットルの軽いペットボトルを2個買う。それから昨日、今年初めてのゴキブリを見つけたので、ゴキブリ退治の丸い黒いの。

畑でいろいろ。

里芋の近くから菊芋の芽が出てきたが、じゃがいもの芽も出ている。そこにはおとしじゃがいもを植えたような記憶が。そうか…、取り忘れたものがこうやっていつか出てくるのか…。

落花生の畝からも、去年取り残した落花生の芽が4つも出てきてる。

で、私は考えた。

トマトもピーマンも早くから苗立てをしないので私のトマトはまだ3センチぐらい。ホームセンターの苗の大きさを見ると置いてきぼりになったようで一瞬悲しくなる。でもほぼ地植えで、直接畑に種を蒔《ま》くことが多いのでしょうがない。

そのかわりこうやって去年の取り残しのものや種が落ちて自然に生えてくる野菜がある。この路線でいこうか。

自然に任せる。種になるまでそこに生やして、こぼれた種に任せる。そういえば、つる菜の芽も壁際に出ている。うーん。なんかとてもいいことを思いついたような気持ちだが。これも自然農だからできること。

きれいないちごができたので食べてみたらまだ少し硬かった。赤くなってたけど、あのままにしていたらもっと大きくなったのだろう。残念。品種によって違うんだなあ。

うちには今、3種類、4つのいちごの苗がある。

庭作業では、注文したライラックとギョリュウバイの苗を植えこむ。剪定も少し。枝や草の墓場に剪定枝が溜《た》まりすぎて、もう場所がない。どうしよう。どこか他に捨て場所は…。北東の角の塀の内側、うすぐらいあのあたりがいいかも。

温泉に行ったらハタちゃんがきのうの水を買いに行って、私の分も持ってきてくれたそう。きゃあ〜、うれしい。

最近、温泉の従業員に新しく入った明るくておもしろいクマコさん。昨日から受付に座ってアケミちゃんに一生懸命に仕事を教わっている。時に厳しく。「働いてるね！」と励ましたら、「2キロ痩《や》せました〜」と。

ハタちゃんと一緒に駐車場に出て、レモンと八朔《はっさく》の花を確認する。今年も生《な》るかな。

生ったらもらえるかな。八朔はバッサリと剪定されたけど残ってる部分に花が見える。

ハタちゃんが水のボトルをくれた。6リットル入りで水の入り口が2つ付いてるしっかりしたいいボトルではないか。ありがたくいただく。

変わった形の葉っぱがあって、虫に食われてるのかなとハタちゃんが言う。近づいてみると桑の葉に似てる。1枚もらって比べてみよう。

家に帰ってうちの桑の葉を見ると同じだった。でもより細身で繊細な形。木によって違うんだな。

5月13日（土）

雨。落ち着く。

そして名人戦第3局一日目。

傘をさして畑を見回り。つるありインゲンの芽はやはり出ない。このまま出なかったら新しい種を買おう。

水玉さんがリンパマッサージの話をしていて、最近行ってないけど2～3年前に行ったマッサージ屋がよかったよと言う。

へえ〜。私はもうマッサージはいいやと思っていたんだけど、ふと、行ってみたくなった。教えられた店名で探したが見つからない。もうなくなってしまったのかも…。そして他のお店を見つけた。アロマリンパマッサージと頭ほぐし。どちらも女性で自宅でやってるみたいでいい感じに思える。試しに1度行ってみようか…。そう思い、どちらもスマホで予約を入れてみた。マッサージは施術者との相性だと思うので、さて、どうだろうか。

今日もクマコ、アケミちゃんと並んで座って、仕込まれてる。難しい顔してた。

夜。スパゲティを作る。冷凍してあるバジルソースを使わないと。

で、袋を開けて気づいた。麺《めん》の太さを間違えてる。いつも茹《ゆ》で時間7〜9分の麺を使っているのに、これは0・9ミリ。茹で時間2分のカッペリーニだ。

ああ。悲しい。どうしよう。でもしょうがないのでそれで作る。No.9、0・9ミリと表記されてるのを見て9分と勘違いしたんだ。

味は、やはり細すぎてピンとこない。トマトが生ったら冷製カッペリーニを作ろう。

5月14日（日）

晴れた。

将棋が始まる前に畑に行って枝豆の移植をする。3つ芽が出てるところからひとつを慎重に掘り取って空いてるところに。

将棋の途中、カルミアの花がたくさん咲きすぎたので花だけを剪定《せんてい》する。

それから庭をゆっくりと見て回る。雨のあとなのでまた葉が伸びたよう。生き生きしてる。このところ細部に手をかけてきたので庭の景色が繊細になってきた。

とてもいい感じ。

ふう。

満足感。幸せを感じる。

庭作りって何十年もかけて描く砂絵のようだなと思う。

手をかけなくなるとあっという間に荒れ果てる。毎日の手入れがあってこその秩序。

そのはかなさも感じつつ。

剪定したカルミアの花をガラスのボウルに浮かべてみたら、とてもかわいい。

男性と女性は考え方や価値観がすごく違う、と思う。なのに世の中のしくみは男の価値観で成り立っているものが多い。わざとか悪気とかでなくこれまでの自然な流れで。なので女性にはしっくりこなかったり違和感を覚える社会通念や常識をそういう観点から眺めることも大事だろう。現在は常に過渡期で世の中は変化し続けている。

庭のふきできゃらぶきを作る。皮をむかなくていいのでとてもらく。また作ろう。

夕方、頭ほぐしマッサージに行ってみた。初回お試しで60分、3500円。体をゆるくほぐすのもやってくれて、足をゆらゆらしてた。その動きは私の足の自然な動きに任せているそうで、「右と左で違うでしょう?」と言われてハッとした。左はまっすぐにバッタンバッタンと打ちつけるようで、右は左のふくらはぎの方に打ちつけている。これが私の動き?「普段動かしていない方向に動いています」とのこと。へーっ。効果をみて、よかったらまた来よう。
将棋は渡辺名人の勝ち。

映画「アンテベラム」、ちょっとおもしろかった。途中、もう見るのをやめようと思った数秒後に場面が変わって、そこからひきこまれた。

5月15日（月）

しばらくはお天気がよさそう。

午前中はブラックガーデン用の花をまた買ったので植え付ける。10個以上植えた。銅葉のものをあれこれ。育つのが楽しみ。

そして貰《もら》ってきたニゲラが咲き始めた！

わあ。かわいい〜。繊細〜。この繊細さが好きなところ。
午後は畑で草を敷いたり気になったところの作業。終わってしばらくぼんやり眺める。満足して。

梅干しをひとつ、食べようとしたら何か硬いものが。見ると、塩が再結晶化してキューブ状の塊になっていた。1辺3ミリ。おお。しょっぱいはず。塩抜きしながらちょっとずつ食べよう。塩抜きして、はちみつ漬けにしよう。

買い物に行ってきました。お肉や玉子。魚は、美々鯵《びびあじ》と言う鯵があったので3枚下ろしにしてもらおうか迷ったけど面倒だったので買わなかった。朝どり椎茸《しいたけ》とそら豆を買って、椎茸のマヨネーズ焼きと焼きそら豆を作った。

5月16日（火）

朝起きて、朝露に濡《ぬ》れている畑へいつもの見回り。
近づくとカラスが慌てた様子でバタバタッと飛んで行った。まるでいたずらしていた子どもが逃げていくように。
…悪い予感。

落花生の敵を見ると、落花生がふたつ、ほじくり返されていた。そのふたつは種が見える状態で上に伸びてきている芽だった。他のは緑色の葉っぱが先に出てたので無事。

ああ。悲しい。

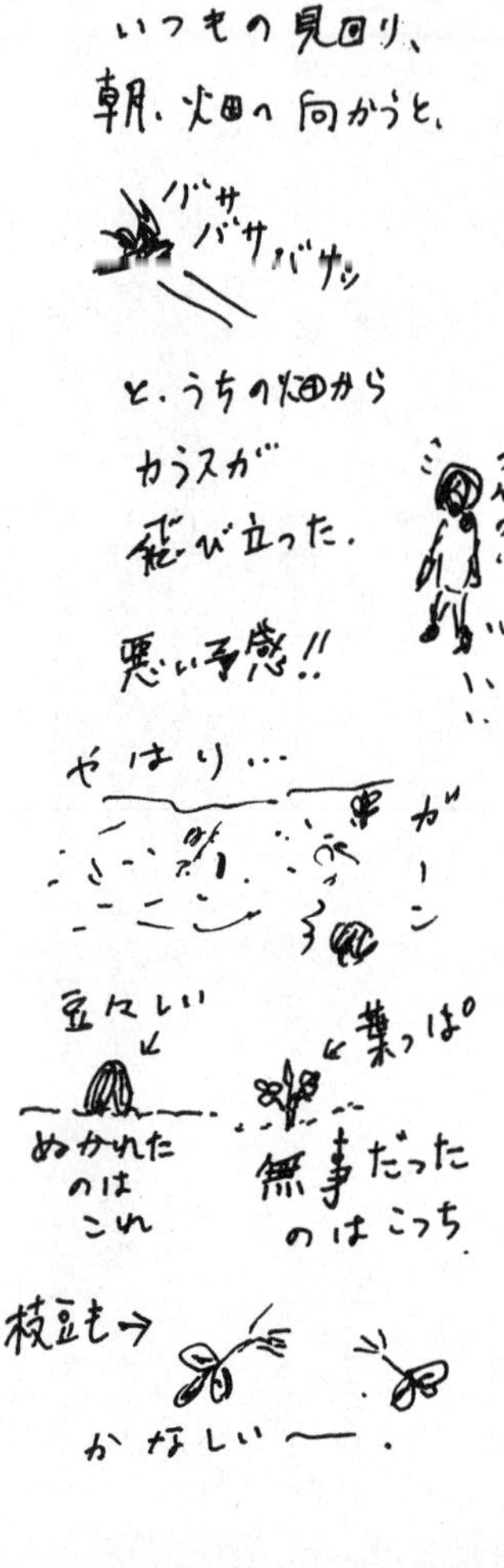
いつもの見回り、
朝、畑へ向かうと、
バサバサバサッ
と、うちの畑から
カラスが
飛び立った。
悪い予感!!
やはり…
ガーン
豆ない
葉っぱ
ぬかれたのはこれ
無事だったのはこっち
枝豆も→
かなしい〜。

ひきぬかれた芽を見ると、種の部分が千切れていた。ダメかもしれないが一応埋め戻しておく。それから枝豆の芽もふたつ、引き抜かれていた。

カラスに知られてしまったからまたやられるかも。頭いいから。代わりの落花生の種をふたつ、近くに埋めておく。

ずっと畑の庭の作業をやって、汗びっしょり。

5月17日（水）

今朝はどうかな。新たな被害はなかった。

暑くなったのでついにコタツ終了。コタツ布団を洗濯した。

庭の木の剪定をする。ぐみ、カラタネオガタマ、トキワマンサク。手前に張り出した枝をチェーンソーで切って、大きな枝は薪《まき》に、小さな枝は焚《た》きつけに、葉っぱは木の下に敷く。木の墓場がいっぱいになったのでこうやって分解して整理することにした。コンクリートの床にしゃがみこんで、コツコツ葉っぱを切っていく作業は楽しい。

剪定した枝にぐみの実があったので花瓶に挿し、ラベンダーの花枝は束ねた。カルミアの花のボウルの隣に置いてみたら妙にかわいい。

畑では、にんにくを一部収穫する。さつまにんにくという小ぶりで紫色の皮。食用に買ったのだが芽が出始めたので去年の冬に植えたもの。

みずみずしくてまるっとしたのができていた。

じゃがいもに土寄せしていたら赤い帽子をかぶった小学1年生たちがお散歩で通りかかった。私を発見して、ガヤガヤと見ている。

「こんにちはー、こんにちはー」といってる。

私も「こんにちはー」とにこやかに挨拶《あいさつ》。

なにしてるの？と声が聞こえる。

「じゃがいもに土寄せしてるの。これ、花だよ」と紫色の花を見せる。

若い女の先生が「へー、初めて見た～」と驚いていた。

刈り取ったイタリアンライグラスをセッセがくれたので畑に敷いたら、全体がライグラスだらけになってしまった。この中のどこかの畝で土壌改良をしようと思う。菌ちゃん農法をアレンジして枯れ枝や草を入れて糸状菌を繁殖させてみたい。

温泉に行ったらひさしぶりに水玉さんがいた。「水、どうだった？」と聞かれ、「私にも柔らかさがわかった。スーッと。お茶の味も違う気がした。また汲《く》みに行きたい」と答える。明日《あした》、雨が降るそうだから行こうかな…。

きゃらぶき第2弾を作る。これで庭のふきはほとんど取り終えた。

5月18日（木）

朝から雨だ。降り出す前にゴマと小豆の種を蒔《ま》こうと思っていたけどあきらめる。で、水を買いに行く。

うちの方はポツポツ雨だったのに、向かっている先の空は暗い。どんどん暗くなっていく。雨も激しくなってきた。明日にすればよかったかな…と心細くなってきた。

途中、道を間違えて、やっとたどり着く。20リットル分買おうと思い、家にあった空のボトルをかき集めてきた。6リットル、5リットル×2、1・5リットル、1リットル。少し足りないか。

雨の中、傘をさして給水小屋に向かう。薄暗くて怖いぐらい。

ハタちゃんに教わった通りにコインを入れて（300円）、ボタンを押す。ノンストップでドーッと出てくるのでボトルを次々と入れ替える。容器いっぱいいっぱいに入れようとしたけど慌ててしまい、うまくできない。やはり少し足りなかった。最後の方、ザーッとこぼれた。でも無事にできてホッとした。

温泉で水玉さんに「水、買いに行ったよ。慌てて、ちょっとこぼした」と言ったら、「あの緑のボタンの下の赤いボタンを押したら一時停止できるよ。私も知らなくて、あとで知ったんだけど」とのこと。

なんだ～。よかった。次は止めながらゆっくり入れよう。そうしたら全部入ったかもしれないなあ。

5月19日（金）

昨日はずっと雨だったので畑や庭の緑がイキイキしている。

今日から天気がいい（と思ったけど曇りだった）。

畑に朝の見回りに行ったら、つるありインゲンの芽が5つぐらい出ていた。よかった。たぶん30個以上は蒔いたはず。

山鳩が2羽、バタバタ飛んで行ったけど特に被害はないように見える。

午後、今日はアロマリンパマッサージへ。150分の全身マッサージとフェイシャル。さあ、どうだろう。2時間半も飽きないかな。

また道に迷いながら到着。

自宅の1室を感じよくリフォームしたような部屋。

好きなアロマオイルを3つ選んでくださいといわれ、ラベンダー、ゼラニウム、レモングラスを選んだ。スパイシーなのも好きなのについ慣れた香りを選んでしまった。

用意された紙のパンツに着替えて、台に横たわる。まずは足の裏側から。オイルでつるつる滑るので痛くはなかった。頭と顔をやって、うとうとしていたら終わった。

左半身が硬くなってるそう。あと腕も。

いつもこの最後に言われる診断が苦手。しょうがないけど。

「はい…」と答えて少し話す。またいつか行きたくなったら行こう。顔が気持ちよかったのでやるなら顔だけで。


その後、温泉に行く。せっかくのアロマオイルが流されてもったいなかった。

夜、ショコラ&シャンパーニュの定期便が届いたのでシャンパンを飲む。ひさしぶりだ。で、調子よく5杯ぐらい飲んでしまった。

同封されていたチラシを見て、さまざまなワインのお得な5本セットの注文メールまで送ってしまった。

すると夜中に目が覚めてしまいしばらく眠れず、また、嫌な夢もみてしまった。

5月20日（土）

昨日は飲みすぎた。

嫌な夢を何度も見た。生きるのが怖いような夢だった。ああ、もう。

いつもの焼酎《しょうちゅう》の水割りは酔いが穏やかで、すごく好きというわけではないけど二日酔いはしない。でもシャンパンは気分がよくなって飲みすぎてしまう。

なんとなく気分がすぐれないので、昨日注文した5本セットのキャンセルのメールを送る。まだ正式には購入していなかったので。

ああ。もう。これから私は、穏やかでちょっと物足りないけど、お酒はなじみの黒糖焼酎のビーツ割りにしよう。


ボーッとしながら畑へ。つるありインゲンの芽、でてるでてる。よしよし。

あ、昨日全部採ったと思ったえんどう豆を一部採り忘れてる。ハサミを取りに戻って、採る。今日はゆっくり休もう。

午後になってだんだん気分が回復してきた。

庭を見回っていたらきれいな赤い花が！　なにこれ、素敵〜。

あ、先日球根を植えたカラーだ。でも…たしか白い色の球根だった気がする。商品についていた説明を見ると、たしかに「ホワイト」と書いてある。まちがい？

でも、この赤い色がとてもすばらしいのでそのまちがいがとてもうれしい。


前にネットでみつけたチーズパイがおいしそうだった。注文しようかなと思ったけど、小さな箱一個だけの注文はめんどうくさい。で、カーカたちにもしママに母の日のプレゼントをしたいと思ったらこれにして、と画像を送る。そしたらカーカが注文してくれた。それが届く。

わーい。いそいそと開けてお茶を淹《い》れていただく。思ったような味だった。

ポットで育てていたズッキーニ、きゅうり、カボチャの苗を畑に定植した。瓜《うり》類にはウリハムシが飛んできて葉っぱをボロボロにする。なのでちょっとやられてる。

5月21日（日）

今日明日は将棋の名人戦第4局。

昨日のうちに食材も買い込んだ。

玄関前のポットを見ると、スイカをウリハムシがボロボロにしていた。まあ！　まだ小さいのに。で、プラスチックの容器があったのでそれを上に被《かぶ》せる。

しばらくして見に行ったら、来てる来てる、ウリハムシ。飛び方ですぐにわかる。

でもスイカは守られているので無事。ふっふっふ。


将棋のあいまに庭と畑を見に行く。

気になるところをチェック。さつま芋の芽はまだ出ない。ピーマンもなかなか出ない。

セールでたくさん買った花の苗がだんだん咲いていく。こういう花だったのかと驚く。

無煙炭化器が来た！　50センチの家庭用。炭を買おうとしていて、これを見つけた。剪定《せんてい》した枝を炭にできるから一石二鳥だ。ちょこちょこやっていきたい。寒くなったらでいいか。箱から取り出して、ガレージの棚に置く。楽しみ。

5月22日（月）

将棋は藤井竜王の勝ち。しかも短手数で早く終わった。

来週は第5局。そこで勝てば最年少名人に。すごい。でも勝ちそう。場所は藤井荘というところで、もし勝てば、藤井荘で藤井聡太《そうた》くん、名人に、というおやじギャグが言える。どこまで運を持ってるんだと思う。

5月23日（火）

少し前に庭の木の剪定をした。木の下にもぐりこんで一生懸命やった時に葉っぱにかぶれたようで、腕の擦り傷が炎症をおこしてしまった。この季節、よくこうなる。そして一度こうなったら傷が水ぶくれになって、治るまで時間がかかる。ああ～、またた、とうんざり。ある種のアレルギーかもしれない。傷に熱いお湯をあてるととても気持ちいい。快感だ。炎症がひどいほど快感は強いので、気持ちいい～と思いながらお湯をあてる私。こういう状態のときはまだまだ回復まで遠い。

今日は大きないちごが3個もできた。

去年大きく育ったバジルの種を枯れた穂ごと保存したのだが、どうも種が見当たらない。おかしい。それでもいちおう畑に蒔《ま》いてみた。たくさんの枯れた穂を土に蒔く。そうしたら、わずか10数個、芽が出た。それでもうれしい。あまりにも小さいのでわからなくならないように草の茎を目印に立てておく。

いぜん、食べられるものがネギとニラしかない。

夕食は豚しゃぶ。ネギを先に茹《ゆ》でて皿にのせたら緑色の線がきれいだったので広げてじっと見る。うーん。黄緑のグラデーション。平行に引かれた細い線の美しさよ。

5月24日（水）

左目をこすったら、瞼《まぶた》が腫《は》れてしまった。今、身体がアレルギー反応中なので少しのことで炎症が起こる。しまった。


毎日天気がいい。

畑ではようやく地植えの夏野菜の芽が出始めた。最低気温が15度以上にならないとなかなか発芽しないみたい。今年はピーマンの芽があまり出てない。

庭ではティーツリーの真っ白な花が咲き始めた。庭の白い女王だ。堂々としていて、すばらしい輝き。葉も花も繊細で、花は近くで見ると白い繊維のよう。

大きくなりすぎたので花のあとに強く切り詰めようと思っているけど、これを見るとほどほどにしとこうかと気持ちが揺らぐ。

最近寝る時間が早いせいかもしれないが、夜中に目が覚めてしばらく起きて、嫌な夢なんかも見るので、目覚めがスッキリせず、昼間も眠くてボーッとしていることが多い。こりゃいかんと感じ、今日は外での作業はやめて家の中で静かに過ごすことにした。睡眠負債や疲れがたまっている気がする。今日は温泉にも早く行って、長めに入ろう。

5月25日（木）

昨日は温泉にゆっくり入ったせいか、夜、長く眠ることができた。それで朝はスッキリ。炎症も峠を越えたようでかゆみがなくなってきた。

今日の天気は晴れ時々曇り。おだやか。これくらいがすごしやすい。

あさって山に登るので今日は静かにすごして体をやすませる予定。1年ぶりの山登り。

温泉にも早めに行く。

水玉さんが着物のリフォームについて誰かと話していた。サウナに来て、「ふくちゃんの着物をリフォームした湯上り着を見た？」と聞かれた。

「ううん」と答えると、「いいよ」って。

詳しく聞いてみると、なかなかよさそう。浴衣《ゆかた》で作ってもいいかも、って。

私は湯上り用の夏の服はガーゼと綿のワンピースがすでにある。でも、確かカーカが夏祭りの時に着た浴衣があるはず。あれをリフォームして作ってみようか。簡単な湯上り着を。


家に帰ってさっそく棚の上を探すと、あったあった。紺色のとピンク色の浴衣が2枚。ペラペラとした薄い生地で平凡な花柄。紺色のにしよう。

しばらく眺めて簡単にできる方法を考えて、ハサミでチャカチャカと切って、針と糸で縫って、また考えて、縫って…。柄行きが変だから花をここに貼りつけよう。肩のところにはギャザーを少し寄せて…。裾《すそ》には切り込みを。

作り始めると夢中になってしまう。12時を過ぎたので続きは明日《あした》だ。

5月26日（金）

さっそく昨日の続き、花を縫いつけて、袖《そで》ぐり、裾の切り込み。

できた！　着てみる。いい感じ。

早くみんなに見せたい。簡単に縫ったので洗濯がどこまできくかわからないが。

お昼ごろ、カレーのテイクアウトに。

今日の夕方、編集者の菊地《きくち》さんが来る。去年、高千穂峰《たかちほのみね》のミヤマキリシマがきれいだから、来年、もし来れたら案内するよと言ってたら、忙しい仕事の合間をぬって、山に登りに来るという。私は1年ぶりなのでゆっくり登ろうと言ったら、いつも険しい山に登ってるので気楽な山登りが楽しみです、と。

今日来て、うちの近くの素泊まり温泉に泊って、明日早く山に登って、そのまま飛行機で帰るというタイトな計画。

で、私は夜ご飯用のカレーをテイクアウトするというわけ。私たちはどちらもカレーが大好き。

2軒のカフェに行って3種類のカレーを買ってきた。パン屋さんに寄ってトースト用のパンも買う。お腹が空《す》いてたのでついでにお昼ごはん用のパンを買ったけど、迷った末、買ったのはなぜかカレーパン。しまった！　なんで？

家に帰って、ガッカリしながらカレーパンを食べる。

夕方、6時半に菊地さんを空港に迎えに行く。

駐車場で待ってたら来た来た。家に戻って、カレーや焼きそら豆などいろいろ食べながら明日の山登りのことを話す。

9時半に宿に送って、私はできるだけ長く眠れるように願って就寝。山登りの前の夜は緊張で眠れないことが多いので。

5月27日（土）

夜中に一度、目が覚めたけどいつもよりは眠れたのでよかった。

宿から川沿いを散歩して7時に菊地さん到着。畑でいちごを3個採る。

朝食に、日向夏《ひゅうがなつ》を絞ったジュース、海苔《のり》チーズトースト、フルーツ入りヨーグルト、コーヒー。フルーツは宮崎産のマンゴー、メロン、日向夏。それとさっきのいちご。

ゆっくり食べてから、お昼用のおにぎりを作る。玄米おにぎりをそれぞれに握って、私はえんどう豆入り玉子焼きを焼く。それに自家製梅干しときゃらぶき。

のんびりしていたので予定より1時間も遅く9時に出発。まあ、時間はたっぷりあるのでいいか。


天気は曇りときどき晴れという感じ。

高千穂峰の登山口の駐車場は混んでいた。並んでる。でも数台だったので数分で入れた。

10時登山開始。

山登りは最初がきつい。今日もすぐに苦しくなった。でもしょうがないのでテクテク登る。しばらくはきれいな新緑と白い花の咲く道が続く。

やがて木がなくなって、そこからは火山礫《かざんれき》でガラガラしたザレ場が続く。足がズルズルとすべって登りにくい。

雲が出てきて、辺りは白く、見晴らしが悪い。たまにサッと雲が切れて周囲の景色が見える。ミヤマキリシマの開花は去年よりも少し遅いかな。

火山礫の斜面を登りきり、そこで休憩しようと思ったけど風が強くてあきらめる。

でもお腹もすいたので岩の陰にしゃがんでおにぎりと玉子焼きなどを少し食べる。おいしい…。

御鉢《おはち》の火口縁を進む。雲は左から右へと速く流れ、とても寒い。視界も悪い。たまに周囲が見える程度。

火口の細い縁を歩いて行くとますます風が強くなってきた。もうすぐなだらかなくぼみにたどり着くというあたりで、強風にしゃがみ込む。

怖い。引っ返そうかと迷っていると、前から来たおばちゃんたちが「あと少しよ。そこまで行ったら風は吹いてないわよ」と教えてくれたので、元気を出して先に進む。

着いた。なだらかに下って、霧島神宮がかつてあった場所にある石の鳥居をくぐって小さな石の祠《ほこら》に手を合わせる。そこから見上げる高千穂峰は雲で真っ白。登っても真っ白で何も見えなそう。

なのでここで引き返すことにする。

帰りの火口縁もすごい強風だった。左右は崖《がけ》のような急斜面だ。

さっきよりも怖い。飛ばされそう。思わずしゃがみ込む。そろそろと腰を落として進む。人の姿はほとんどない。

きゃあ。飛ばされる！

強い恐怖を、2度、感じた。

すると、前方の白いもやの中からガイド付きツアーらしい高齢者の団体がやってきた。みなさん、首に黄色い布を巻きつけている。100人はいそう。こんなに…。しかも怖がりもせず普通に歩いてくる。亡霊じゃないよね…。

そのおじいさんおばあさんたちが通り過ぎるまで待って、こっちも進む。

細いところが終わった。ああ〜、よかった。ホッとする。

そこからまたガラガラした斜面を下る。

途中から視界も晴れて下の方が見えるようになった。緑の森の中にピンク色の広がりが見える。

「あ、あそこ、鹿《しか》ヶ原《がはら》っていってミヤマキリシマの群生地だよ。あそこでお弁当食べ

高千穂峰
馬の背越え
強風！
ザッ
ザッ
ザッ
ザッ
ザッ
飛ばされる

よう」「はい。そうしましょう」

で、トコトコと下る。下りはさっきの恐怖心を思い出しながら平和な気持ちを味わ

霧島神宮古宮址《こぐう》でまた手を合わせる。ここには大きな石があってそこが斎場になっているそう。

新緑の沢沿いを歩いて鹿ヶ原へ。

木が途切れて、一気に広がるミヤマキリシマの群生。すごい。満開だ。ピンク色といってもさまざまで微妙な色合いが美しい。

そこでお弁当の続きを食べた。

雨が降ってきそうな雲が目の前の高千穂峰の上半分を覆っていた。

白濁した野趣あふれる温泉、新湯《しんゆ》温泉へ。硫黄《いおう》の匂いがすごい。ここは死者も出たという濃厚さ。この温泉は本当に強烈で、いつも出たあとにぐったりぼんやりとなる。

霧島温泉郷の土産物屋に寄って温泉玉子などを買ってから、空港へ送って、また登ろうねと言って別れた。

家に帰ってありあわせのものを食べたらものすごく眠くなって、すごく早い時間に

引きずり込まれるように就寝。

5月28日（日）

夜中に目が覚めるかと思ったけどそのまま朝までぐっすりだった。足の筋肉が疲れてる。あの異様な眠さは山登りの疲れだけでなく、あの温泉の魔力もあるに違いないと思う。

今日は叡王戦の第4局。場所は岩手県宮古《みやこ》市「浄土ヶ浜《じょうどがはま》パークホテル」。浄土ヶ浜を観光する対局者等の映像も出て、「ここ行ったことある…、海のこの岩山、覚えてる」とうれしく思い出す。

将棋を見ながら梅シロップを作り、庭に出て散歩する。ものすごく疲れてて、ものすごくぼんやりしてる。なんだかとても不思議な気分。不思議な生まれ変わり感。生まれ変わったような、人生をふたたび生き直しているような。なんだこれ。昨日までとは違う。

眠いし。

将棋は千日手。

また庭に出て散歩。

すると！

洗濯物干し場の前の木に何かが絡みついている。よく見ると、ヘビの抜け殻だ。ビー助。殻が抜けたのか。大人に…。こんな木の枝をすり抜けながらの脱皮とは驚いた。曲芸、ビー助。えらいえらい。元気に頑張って生きろ。

将棋はまたも千日手。2回目。熱戦だ。

3回目の対局が19時15分から始まった。最後まで見届けたい。

21時ごろ終了。藤井叡王3連覇達成。

5月29日（月）

朝、庭を回ると、またアナグマらしき獣がところどころに穴を開けていた。先日植えたギョリュウバイの苗もポッコリと引き抜かれていた。植え直す。

午前中は菌ちゃん農法の畝づくり。実験的にひとつ、朽ちた木や草を土に入れて小さな畝を作った。糸状菌を繁殖させて養分にするという方法。マルチも買いに行った。

雨のあと、上に被《かぶ》せよう。

すごく暑くて、汗びっしょり。

蚊もだんだん増えてきた。

5月30日（火）

雨、曇り、晴れ。

10時過ぎ、ピンちゃんちにバジルの芽を持って行く。芽が出たらあげるねと前に約束していたので。

小雨の降る中、ピンちゃんの旦那《だんな》さんの霊感くんが梯子《はしご》に登って車庫を増設していた。台風の影響で大雨が降りそうだからと大急ぎで製作している。屋根に波板を貼っているところだった。

「ちょっと見てほしい」と、剪定《せんてい》中に力を入れすぎて岩にぶつけて痛くなった私の右手の薬指の第2関節を見せる。霊感くんも同じ症状があって前に手を見せてくれたことがあった。私は20年前、保育園に絵を描いた時に右手を酷使しすぎて手首にガングリオンができてしまったのでそれを見せたという「作業中に手に力を入れすぎる」仲間だ。

症状を詳しく話すと、「同じ。治らない。病院で老化現象だって言われたよ」

ピンちゃんが、「一度病院に行ってみたら？　あそこにあるよ」と場所を教えてくれた。
「病院に行ったらどうなるの？」
「レントゲンを撮って、湿布をくれる」
「ふーん。気休めにでも行ってみようかな…」

それから私の好きな生駒の有機野菜の販売小屋に行ってキャベツと玉ねぎと赤い大根を買った。奥さんと少し話す。じゃがいもがあったので「これは？」と聞いたら、ながさき黄金ではなかった。「前に買ったながさき黄金がとてもおいしかったです」と言ったら、「今年は種イモが入ってこなかったんですよ」とのこと。へえ〜、そうなんだ。私の畑には今、赤い皮のじゃがいもとながさき黄金がある。大事に育てよう。できたらそれも種イモとしてまた植えたい。

次に、水を買いに行く。

給水所はふたつあって新しい方に行ったら、「時間がかかりますよ。今来たとこだから」と前にいた女性が言う。空のポリタンクがズラリと並んでる。

そうか…、じゃあ、先日行ったお店の方の給水所に行ってみよう。

ずいぶん道に迷いながらそっちの方に着いたら、軽トラに空タンクをたくさん載せたご夫婦がホースを使って給水していた。すごい。その方の次にもう一人いて、その人は20リットルを8本とのこと。どれくらい時間がかかりますか？　と聞いたら、「10分ぐらいじゃないかな」と。

待つか…。

後ろにもご夫婦がやってきた。鹿児島から来たそう。前の人は志布志《しぶし》。人吉《ひとよし》からも。みなさん遠くから来るので一度に入れる量が多いのだろう。

後ろのご夫婦とおしゃべりしながら待つ。「この水のどこがいいんですか？」と周りの人に聞いてみた。なんだかわからないけど好き、という感じの人が多かった。私もひと口飲んでなんだかいいと思ったのだった。飽きるまでは来たい。

10分ほど待って、私の番がきた。

私は20リットルなのですぐに終わった。6つのボトルにきちきちに分けて入れるので今日も慌てた。でも一時停止の方法を知ったのでちょっとはよかった。とはいえ水の勢いが強く、止めてもしばらく出てる。なので少しこぼしてしまった。

後ろのおじちゃんが車に運ぶのを手伝ってくれて、なんだかいい雰囲気。

そして、帰りにピンちゃんに教えてもらった整形外科に寄ったら、午前は1時までだった。もう終わってる。午後は2時から6時までって。

家に帰ってお昼ご飯を食べて、いろいろ。

せっかくだから、この勢いで今日中に整形外科に行くか…。

4時半に行く。待合室にお客さんはいなかった。なんだ、よかった。それでもレントゲンを撮る前とか先生が来るまで、けっこう待たされた。目をつぶって待った。

先生が来て、症状を話す。レントゲンでは特に異常はなく、関節の出っ張りを見ても、「小さすぎてまだよくわからない」とのこと。悪いものではないと思いますということなので、様子を見ることにした。痛み止めのクリームを出します、と。

前の薬局でクリームを処方してもらい、急いで家に戻ってお風呂《ふろ》道具をそろえて温泉へ。

いつもの人たちがいて、サウナでいろいろしゃべる。

この温泉の駐車場でビヤガーデンをやってくれないかなという話になった。

水玉さんは「それが夢」とまでいう。

「そしたら私、堤防を散歩しながら歩いて来る」と私。

キャンプ用の折り畳み椅子があるから、あれを持って来てもいいな。マイチェアー。

風呂上がりに空を見ながら生ビール。そのまま堤防を散歩したりふらふら動いたり…。楽しそう。いいね。

私は普段ハイヒールも履かず、サンダルやつっかけみたいな楽な靴ばかり履いているのに、軽めの外反母趾《がいはんぼし》っぽく親指の付け根が外側に出ている。それがずっと不思議だった。なぜだろう？　外反母趾ってハイヒールや立ち仕事、痛い靴で長く歩くからなるんじゃないのかな。

すると、今日いい動画を発見した。足の専門家の中島武志《なかじまたけし》さんという方が提唱する「ゆるかかと歩き」というの。うん？　と思い、たくさんの動画を続けて見てみた。

最近私は、いつも肩や背中に力が入ってることに気づいて、それを解消したいと思っていた。そして、かかとに体重をのせて、上半身の力を抜いたらいいんじゃないかと思ったところだった。それと通じるような感じだ。

動画を見て、納得し、足踏みして、歩いて、これはいいと思った。体重をかける位置と歩き方が重要なんだ。私は前に重心が行きすぎていた。

ちょっと外反母趾になっているカーカにもラインした。さっそく普段に使うスニーカー「ニューバランス996」を注文する。カーカとサクも欲しかったら買ってあげるよ～と伝えた（ふたりとも欲しいって）。

5月31日（水）

今日明日は「藤井荘」で名人戦第5局。とても楽しみ。

外はシトシト雨。

のんびり観戦しよう。


毎月届くスパークリングワイン3本セットを3月ごろネットで申し込んだけど来なかったので、方法を間違えてしまったのかもと思い、あきらめた。気に入った焼酎《しょうちゅう》をみつけたし、もういいやと思っていた。そしたら今日、そのセットが届いた。5月からの頒布だったよう。

あら。もう焼酎のビーツ割りに慣れてしまったんだけど。まあいいか。


庭の白い百合《ゆり》が咲いた。

切って花瓶に挿す。これから百合がどんどん咲き始める季節だ。百合の株は毎年増えていく。


将棋を見たり、庭を歩いたり。

……蒸し暑い。梅雨に入ったそうなのでこれから長い蒸し暑さが続くのだろうか。

6月

6月1日(木)

名人戦第5局二日目。藤井竜王が押され気味で進む。

炭酸水を作る機械がいいよと聞いたので注文してみた。それがさっき届いた。箱が大きい。取り出すと、思ったよりも大きな機械だった。

あれ？ もっと小さいかと思った…。

躊躇《ちゅうちょ》しながらもゆっくりと組み立て始める。わからないところがあって苦戦する。炭酸ガスのボンベの冷たさと重さに恐怖を覚えた。圧を感じる。

途中、もういいかとあきらめそうになった。説明書通りにやっているのにわからない。あ、本体に貼られたシールにやり方が書いてある。

そして、どうにかできた。もう使う元気はなく、また今度。


雨が降り続く。

台風の影響で明日《あした》は大雨の予報。頭ほぐしを予約したけど大丈夫だろうか。日程を変更した方がいいだろうか…。

明日は体をほぐす「ゆらしほぐし」をメインにお願いしたいと思ってる。

将棋は最初、渡辺名人が優勢だったけど、夕方になって藤井竜王の方が優勢になった。

うん？　どうなるか。

私はスパークリングワインを飲みながらのんびりと観戦している。

これからの計画を立てよう。6月、7月、8月まで。短く簡単に手帳にメモる。

8月までの目標は立った。

もう難しいことは考えまい。


藤井新名人の誕生。

6月2日（金）

今日は大雨の予報。全国的に。

雨の中、体ほぐしに行く。90分。前回よりはリラックスできて頭をほぐされている時は気持ちいいと感じた。前回は緊張で気が張っていたと思う。

スニーカーが来た。家の中で試し履きする。トコトコ。いい感じ。これからはでき

るだけこれを履こう。

靴箱に入ってる全部の靴やサンダルをチェックする。かかとに重さをかけてまっすぐに立てるか。するとなんと、いつも履いていたサボがかかとに重心をかけられないことを発見。かかとで立とうとすると斜めになる。裏を見ると外側がすり減っていた。今まで前に重心を置いて前のめりで歩いていたのかも。サボがすっぽ抜けないように前方に力を入れて。ううむ。それで足に変な疲れが…。

かかとで立てない靴やすっぽ抜けそうなサンダルは捨てることにした。ヒールの高いサンダルもまったく履かないので処分しよう。判断に迷う靴はいったん保留。もうスニーカーとサッと履ける庭サンダルだけで充分かも。

それにしても裸足《はだし》で履くビーチサンダルみたいなサンダルがやけに多い。なんでこんなに。好きなのか。

炭酸水を作ってみた。うまくできた。

6月3日（土）

今日から3日間、晴れまたは曇りの予報。それ以降はずっと雨の予報なので外の作業をやるなら今だ。

ひさしぶりにさわやかな朝の空気。

午前中は畑作業。実験的に作っている菌ちゃん畝にマルチをかぶせた。糸状菌が繁殖しますように。それと草整理。

昼寝してから、午後は庭の剪定《せんてい》。気になっていたヒメシャラの枝をチェーンソーで切る。途中に小さな枝があってうまく切れなかった。切り口に段ができてしまった。

高く伸びた木の枝を切りたいけど届かない。また剪定のおじさんに頼もう。夕方電話したらすぐ見に来てくれた。

ここら辺の木の高いところを…と説明して回る。そして切った枝は薪《まき》、焚《た》きつけ、葉っぱに分けて使いたいので短く切ってくださいとお願いする。

おじさんは左の耳がもうほとんど聞こえず、目も去年手術したそうで、「歳でもうボロボロです」と言う。「がんばってできるかぎり働いてくださいね」と伝えたら、

「そう。動かないとかえってダメなんですよね」と見た感じは元気そうなお顔で笑ってた。いつでもいいですと言ったら、天気の様子をみて連絡してくれるそう。

温泉に行って、サウナに入る。今日の温泉の温度は高く、仕上げにと入っていたら暑くなった。それで水風呂《みずぶろ》に入ったらとても気持ちがよくて、なかなか出られない。しばらく水に入っていたらボーッとトランス状態みたいになって、最高に気持ちがよかった。これこれ。たまにある。たまにしかない。水の温度、気温、体温、何が影響するのかわからないが何かの絶妙な組み合わせで起こる現象。

今日はよかった…と思いながら家に帰ると、玄関の前から1羽の鳥がサーッと飛び立った。鳥が逃げるように飛び立つと悪い予感。畑のカラスを思い出す。

でもその鳥は遠くに行かずにすぐ目の前のしだれ桜の枝に止まった。変な感じ。

そのまま歩いて玄関に向かう。そこに並べてある野菜の苗をいたずらされてないか調べる。特に変わったことはなさそう。何してたんだろう。

玄関の引き戸を開けようとしてギョッとした。

足元に鳥のひながしゃがんでピーピー鳴いている。大きな目を上に向けて。

一瞬、何がどうなっているのかわからず、その戸を開けるのを止めて、左の方の戸をそっと開けて中に入った。

うーん。どういうこと？　あの鳥は親鳥で、小さなひな鳥は飛ぶ練習をしていたのかも。巣から飛んで玄関前に着陸。親鳥が心配して見に来たところに私が帰ってきたのか。

家の中からガラス越しにさっきのひなを探す。

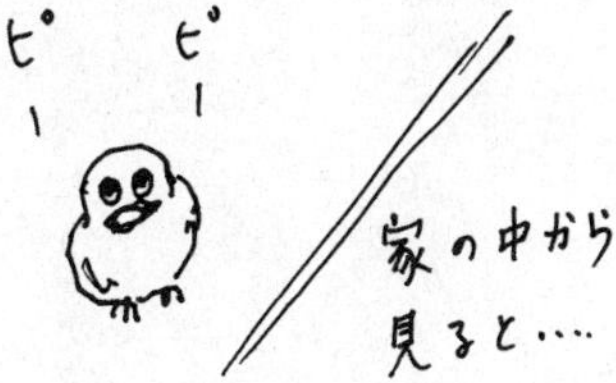

まだいるわ。ピーピー鳴いている。上の方を見上げてる。どうしよう。このままここにいたら。

しばらくしてまた見に行ったら、ひなはいなくなってた。よかった〜。ホッとした。親鳥が連れて行ったのかな。

6月4日（日）

さあ、今日も素晴らしい晴れ。

明日は棋聖戦でベトナム中継なので絶対に見なければ。なので一日、がんばろう。長雨が続くかもしれないので畑のことをいろいろ。

トマトとナスの苗の一部を定植。

人参《にんじん》の花が初めて咲いた。花が咲くまで置いていたのが初めてだったので。感慨深い。種採りをしたい。

午後、買い物へ。

新しいスニーカーを履く。気が引き締まる。こんなに嬉《うれ》しく真面目な気持ちで靴をおろすのは初めてかもしれない。歩き方の流れで買った靴なので歩き方を意識して歩いた。楽しかった。

姿勢も、ゆらしほぐしの先生が「左右対称の姿勢が本来は楽なはずです」と言っていたのを聞いて、私は左右対称にくつろいでいないことを思った。これからのことを考えて、左右対称の姿勢が楽になるように気をつけようと人生で初めて思った。

くつろいでいる時、右足を、そういえば私は変な風に外向きに曲げていたのだ。


私はできれば死ぬまでこの家でひとりで暮らしたい。できる限り自分の好きな暮らしぶりでここにいたい。ここにいる限りはリラックスしていられる。それを可能にするためには最低限、体を動かせないといけない。運動能力は高くなくていい。よたよたでも動けば生活できる。それを考えて今から、死ぬまで動かせる体というのを目標に、意識して動こうと思う。くつろいでいる時に変な形でだらんとしていたら、ハッと思い出して姿勢を正す。そうすれば膝《ひざ》や腰を痛める確率が低くなる。

でも頭は？　ボケたら？　それはしかたない。

大きな病気になったら？　それもしかたない。

自分でできる範囲のことはやる。自分でできないことはしかたない。

自分でできるのにやらなかったせいで起こる不本意な出来事は受け入れる。

そして動けなくなったら、もうどんな流れにも任せよう。

昨日サウナで水玉さんが、「最近、当て逃げが多いみたいで注意の連絡が来た」といった。ブレーキランプが光らないようにサイドブレーキで急減速して後ろの車にわざとぶつからせるのだそう。

「へぇ〜。そうなんだ、気をつけよう。車間距離をあけた方がいいね」

という会話を思い出し、買い物に行く時、車間距離を大きくあけて走った。

帰って来てから畑に苗を定植する。トマトとナスとスイカ。やっと大きくなった。実はナスはまだ小さいんだけど雨が続きそうだから今のうちに。

6月5日（月）

今日はとても楽しみにしていたベトナム、ダナンでの棋聖戦五番勝負第1局。相手は佐々木大地《だいち》七段。到着後の様子が流れた。金色の龍《りゅう》の橋の前で記念撮影をしてる。この橋、前にダナンに行った時に見たわ！　フエの王宮を観光した帰りに、夜、ライトアップされてた。なんだかうれしい。

時差があるため11時に対局開始。今日はじっくりと観戦しよう。

おやつを食べる。昨日買った手作りかるかん。素朴なかるかんの味を知るために買ってみたけど特に好きな味ではないなあ。

そういえば、このあいだ思ったことがあった。私の好きな有機野菜の販売所で赤い大根とキャベツと玉ねぎを買って食べたんだけど思ったほどではなかった。やはり端境期はどこでもこういうものなのか。すごくおいしい野菜というイメージが自分の中で広がりすぎていたのかもしれない。

自分の畑でできる野菜でおいしい時の味がいちばんおいしいと感じる。時々、本当においしいと思う。あれを知るともう人が作った野菜を食べる気にならない。今はもうぎりぎり極限まで外で野菜は買わない。

将棋を見ながら料理を作る。手羽中と白菜の煮物。

それと今、冷凍庫の整理をしているので切り干し大根の煮物。明日《あした》は筍《たけのこ》を使おう。他にもたくさん、少量の食材がある。これらもどうにか使いたい。でももう捨てようかなと思っているものもある。麹《こうじ》水を作ったあとの米麹だ。

バジルペーストもたくさんある。多すぎて食べられない…。

将棋は藤井棋聖の勝ち。感想戦をふたりが楽しそうにしていたのがよかった。よく笑ってた。歳も近いし、将棋好き同士って感じ。明日はダナン観光があるそう。

6月6日（火）

今日はずっと雨。昨夜からかなり降っている。
今日から仕事をする予定。がんばろう。

ちょっとやりました。インド旅。今回は友だちに語りかけるように書いています。

雨の中、温泉へ。
人が少ない…。ふたり？
サウナに入ったらそこにもふたり。ひとりが出たので水玉さんとポツポツしゃべる。
冷凍庫の整理をしているという話。
「おからはどうしたらいい？」と聞いてみた。
「うーん。おからは苦手。前に失敗したから」

「うん。私も自信がない。でもいちおう一回は挑戦してみるね。椎茸《しいたけ》とか鶏肉《とりにく》と煮てみる。あと、贈答品の箱入りのお菓子を半分食べたけど、もう食べられないまま置いてあって…、どうしよう」

「お菓子はしけったら捨てる」

「いいよね？　無理に食べなくても」

「うん」

温泉の温度が今日はいい感じだった。

ゆったりと入って、気分よく帰る。一日でいちばん好きな時間。

6月7日（水）

今日はいつもの剪定《せんてい》のおじさんが来る日。もちろん5時開始。ということで4時起床。まだ薄暗い中、剪定が始まる。私は近くで草取りしながら指示する役目。

大きくなったグミやカシの木、木蓮《もくれん》など。

汗びっしょりになって作業し続ける。

大きくなったティーツリーの木を3分の2ぐらいにしてもらったのだが、私も忘れていたけど時計草のつるが中を通っていて、そのつるを切ってしまったとお詫《わ》びを言われた。見ると、地際10センチでカットされている。

「ああ…。でも私が言わなかったのだからしょうがないです～」

数年前に移植した時計草でつるの直径が2センチ近くにもなっていた。2階のテラスで毎年咲いている。残念だけど、また伸びるだろう。小さな時計草のつるは庭のいたるところにあるしね…。

気持ちを取り直して利休梅の剪定をした。

今回の剪定枝は幹、枝、葉っぱに分けて、それぞれに活用する予定。

剪定枝の山を前に、「これは楽ですよ」と電動剪定ばさみを手渡された。怖かったので内心ビクビクしながら枝を切る。シュパッ、シュパッ。

11時に終了。

木の葉の山ができた。しばらく乾燥させてから木の下に敷こう。

おじさんが、いったん帰ってから、いただき物という泉州《せんしゅう》水なすの浅漬けを一袋持って来てくれた。時計草を切ってしまったから気にしてたのかな…。

さっそく食べたらおいしかった。

畑に出て、ネギの苗を移植する。

ネギ坊主の種をとっていたのを思い出し、蒔《ま》いたら芽が出た。

そのことを忘れていて、またハッと思い出し、見たら草に覆われていた。そこから草をのけて、よく見たら10本ほどネギがあった。それらをすき間を空けて植え直したというわけ。

それから庭に小さく出ていた紫蘇《しそ》を畑に3本移植した。まだ2センチぐらい。大きくなってね。


道から家の方を見たら、塀の上に大きな白い花がひとつ咲いているのが見えた。

うん？ なんだろう。

あ、泰山木の花。大きくならない矮性《わいせい》泰山木を数年前に目隠しに植えたんだった。その花がついに咲いた。高校の庭にあった泰山木の花を思い出す。

近づいて見ると白くてきれい。花びらにこぼれたおしべもきれいだった。香りがなんともまたいい匂い。花の匂いはどれもそれぞれに違う。この匂いは、くーっ、何かを思い出させるような繊細な匂いだ。


木の葉の山の近くを通ると葉っぱのいい匂い。クロモジと桂《かつら》の木の枝は特にいい匂いなので家の中に持ってきた。桂は玄関に置く。乾いていく時にいい匂いがする。

温泉に行くとき、玄関の前のしだれ桜の木のあたりからピーピーと鳥の鳴き声がずっとする。また小鳥かな？

どこから声がするのかと探すと、ピーピー鳴きながら鳥がパタパタ飛んでまた近くの木の枝へ。

すぐ近くに親鳥がいて、あとをついていく。飛ぶ練習かな。

この小鳥、まさか、あの玄関で鳴いていたひなか？　それにしては大きく見える。こんなに早く大きくなるものだろうか。

飛んで、今度はガレージの屋根にとまった。親鳥もとなりにとまった。かわいい。

それからまた飛んで行った。飛ぶ練習だ。


台所で。トースターが目に入った。

中になにかある。

開けて見ると、干し芋5切れ。こんがりと焼けてカチカチに固まってる。

昨日の夜に下し芋を食べようとして温めていたのを忘れてたんだ。

…という話を、サウナで水玉さんにした。

「忘れてることない？」

「あるある。電子レンジでも」

みんなそうか。前もつまみのチーズせんべいを作っていて、すっかり忘れて、次の日に発見したことがあったな。

6月8日（木）

雨。ずっと降ってる。雷注意報が出ている。

仕事をする気にならず、ずーっとぐずぐずしていた。思い切って、今日はやめよう。

家の中から庭の木を何度も眺める。あの枝をもう少し切って…と計画を立てながら。

6月9日（金）

今日は晴れ時々曇り。

今日も仕事をする気にならず、畑でなすなどを定植する。

1時すぎに戻り、冷凍庫の整理のためにバジルペーストを使うべくスパゲティを作る。お腹いっぱいになったら眠くなった。2時半。

寝よう。

ベッドで本格的に。

今朝は3時半に目が覚めてそのまま起きていたので睡眠不足だったのだ。

4時半に起床。ボーッとしながら温泉へ。今日は不規則な一日。まあ、いいか。

今朝早く、いろいろ思った。

一番大きなのは、「これからはちょっとでも嫌だと思うことをしないようにしたらどうなるか試したい」ということだった。

今までは、ちょっとでもやってみたいと思ったことは、マイナス面を我慢してやってきた。思いついた以上は、やらないといけないような気がしてて。

でもそれも数年前から徐々に軌道修正してきた。これから一挙に大きく修正し、ちょっとでも嫌だと思う要素が見えることはやらないようにしてみよう。

そうするとかなりたくさんのことをしないですむはず。

おもしろい。指標がわかりやすい。

どんなふうになるだろう。

6月10日（土）

今日も雨。かなり本格的に降っている。

家の中にいて、いろいろ。

冷凍庫の中はずいぶん整理されてきた。バジルペーストがいちばん多い。少しずつ食べていこう。

冷蔵庫の中も見てみる。ずっと前に作った発酵玉ねぎジュース。サラダのドレッシングにいいかも…と思ったけど、先日初めてドレッシングを作って食べたら好きな味じゃなかったので処分しよう。

調味料で賞味期限が大幅に切れているものも処分。あまり作らない料理の調味料は瓶で買うとどうしても古くなってしまう。もうめったに使わない調味料を買うのはやめようかな。テンメンジャンとか。

梅シロップの瓶の中の梅を見たら、ひとつ、梅のてっぺんにカビがぼわっと生えてる。そっと取り出してそこだけ捨てる。瓶が重すぎて回すのをさぼってたわ。これからは毎日回そう。それで大丈夫かはわからないが。

そういえば、時計草。

テラスの2階に上がって上部の時計草の花が枯れているか見に行ったら、このところ雨が多いのではっきりとはわからなかった。ナツユキカズラの葉も茂っているので。そして、他の柱からも時計草の太いつるがのびているのを発見した。しかもそっちの方が太い。家を建てた初期の頃のつるだ。よかった。

食事に関しては今はまだ過渡期。数年後を目指して徐々に自分の心地いいスタイルを作り上げたい。

6月11日（日）

雨。

冷凍庫の整理がだんだん進んで、もう上の段だけになった。

バジルペーストのスパゲティをまた作る。

冷凍していた生姜《しょうが》を細かくして煮て生姜シロップも作る。ピリッと辛く、具合が悪い時に舐《な》めるとよさそう。

仕事はやる気が出たらすることにして昼寝する。夢を見た。おもしろかった。

窓の外を見るとまだ雨。

庭にも出れず、今日もゆっくりすごす。

6月12日（月）

曇り。

水を買いに行こう。20リットル。朝9時ごろに出発。混んでいなければいいけど。

30分後、着いた。よかった。誰もいない。

6、5、5、4リットル（発酵ジュース作り用のボトルを倉庫で発見）の4つの空ボトルを持って、機械に300円入れる。

今日はこぼさないように…。ああ、ちょっとこぼした！

途中、おじさんが来て、「奥さん、ひとり？」と聞く。

「はい。20リットルだからすぐに終わりますよ～」と答えたら、うれしそうに車を寄せて、大量の空ボトルを運んできた。ご夫婦で来た様子。

「終わりましたよ～」

「手伝いますよ」と、ボトルを2本、持ってくれた。

鹿屋《かのや》市からいらしたそう。2時間ぐらいかかるところ。

「そうですか…。だったら時間かかりますね」

「でもドライブがてらだから」とハツラツと。

車を出そうとすると、軽トラが来た。キリッとした渋めのおじさん。目があったので会釈する。荷台に20リットルのボトルみたいなのが2つ見える。この方も常連さんらしい。みんな、なぜ？ 理由を知りたい。

私もねえ、いつまで水を汲《く》みにくるかわからない。長く待つようなことが続いたらあっさり止めそう。

6月13日（火）

去年作った自然農の本のオーディオブック化と韓国での翻訳本の承諾をする。けっこう評判がいいらしい。

曇り。畑の手入れ少々と洗濯。仕事は少し。

暑くて湿度が高く、やる気が出ない。

出るまでは無理しない。

インドやヨガの本棚からスピリチュアル系の本をまた読み始めた。精神的な気分に入るため。

冷凍庫の整理を進めていて決めたことがある。

これからはあまりたくさんの量を保存しない。今採れるものを新鮮なうちに食べ切る。野菜などをもらうなら両手の上にのるぐらいの量にしよう。できれば冷凍せずに食べ切りたい。保存するなら3ヵ月以内に食べ切れる量。乾物などの本当の保存食は必要に迫られた時に考えよう。乾物はあまり好きじゃない。

6月14日（水）

3月に買った手作り味噌《みそ》1・8キロが糠《ぬか》の味がしたので、塩をまぜたり備前《びぜん》焼の容れ物に移し替えたりして今まで寝かせていたけど、まだ糠の味がする。お味噌汁を作って我慢して食べてみたが、とても変な味。これはダメだな。
うーん。時間をかけておいしい味噌を探したい。

6月15日（木）

今日も仕事をしなければと思いながらグズグズしている。この期間はしょうがないのだろうか。落ち着かず、他のこともできない。

6月16日（金）

今日も梅雨空。
曇り、小雨、陽射し、湿気、暑さ。
そして私はジリジリとした気持ちを抱きながら机のまわりをウロチョロ。
5時間ほど心の準備して、やっと1時間ほど仕事。

温泉のサウナで、「今年はさつま芋の種芋から芽が出なかった。発芽スイッチが入らなかったんだね…。今年はさつま芋はあきらめる」と話す。

家に帰って畑にねぎを採りに行く。ついでに全体を見回る。

すると、なんと！

さつま芋の芽が1センチぐらいでているではないか！

わあ。今ごろ？

でもうれしい。茎が伸びたら植え付けよう。どこに植えようか…、植えるところがない…とあちこち見回す。大根のあとに植えようか。

6月17日（土）

天気がいいので畑の草整理を朝早くからやる。

さつま芋を植える予定の畝の整理もする。茶色になった大根の種をとって、茎は細かく切る。

ひと通り終わったので、上から全体を眺める。うん。スッキリした。

じゃがいもを2本掘り起こした。小ぶりのが数個。今日の晩ごはんにしよう。

冷凍庫の整理も順調に進んでいる。バジルペーストはあとパスタ5回分ぐらい。保冷剤は洗ってきれいにそろえて並べた。上の段には細かいのがまだあるけど、もっと少なくなる予定。ビーツの瓶詰はすべてミキサーでペースト状にして袋に入れ、冷凍庫に入れた。ジップロック5袋にもなった。スムージーや炭酸割りなどいろいろ利用しよう。


野菜室にはあまり物がない。野菜は畑から採ってくるから。

冷蔵室にあるのは調味料と梅干しなど。


午後3時ごろ。

やっと仕事に着手する。

6月19日（月）

昨日も今日も家で仕事。暑い。

畑にいたら、救急車の音がする。すぐ近くの体育館に向かった。何があったか。

「どーお、してーるー」と大きな歌が聞こえてきた。ものすごく気分よさげに歌ってる。見ると、小学2年生ぐらいの女の子が道をひとりで歩いてくる。

私に気づいて、「こんにちはー」と言ってくれた。

「こーんにちはー」と私も無邪気に返す。また歌を歌いながら去って行った。

暑くなってきたせいか、いちごがもう大きく育たず、ボロボロで表面も汚い。小さいけど赤くなってるのがあったのでいちおう摘んで、汚い部分を切りとって食べてみた。

すると、ものすごく甘くておいしかった。

うーん。

本当においしいってこれかも。姿は悪いけど、味的には。

見た目ではなく味で、今後も味わっていきたい。

6月20日（火）

家で仕事をしながらたまに庭と畑を見に行く。草整理をしたり、インゲン豆の第2弾を蒔《ま》いたりした。

今日は王座戦。

仕事は休みにしてネット中継を見ながら家ですごす。買ってきた果物。桃、さくらんぼ、びわを食べながら。

藤井竜王・名人の劣勢でずっと進み、夜になって相手の勝率98パーセントになって、もうすぐ終わりそう、投了しそう、今日はもういい、その瞬間を見届けよう…と思いながら見ていたら、いきなり逆転して勝った。解説の先生方も、うわって感じに驚いていた。かなりすごそうだったが、そのすごさがわからないのが残念。

6月21日（水）

雨。

今日も仕事。2度寝したり、昼寝したり、おやつ食べたり、あちこち脇道にそれながらもどうにか少し進む。

錦江湾《きんこうわん》から毎週水曜日に来るという移動魚屋さん。

先日、知人からとてもおいしいウニを分けてもらい、「その魚屋さんがこの辺りでは一番新鮮」と理容室のつゆこさんが言ってると聞いて、あのつゆこさんが言うなら確かだろうと思った。

今日の5時半ごろに来るという話を聞いて温泉から早めに上がって待っていた。20分待ったけど来なかったのでこれ以上待てないと、家に帰った。もっと早くに来て帰ったのかもしれない。移動魚屋さんは家の前に来てくれるのでなければ難しいなあ。

6月22日（木）

今日も家で仕事…の予定でグズグズとすごす。

そういえばヤノカンゾウのつぼみが出たら食べようと思っていたところ、ついにつぼみが出てきた。5センチぐらいのを7本、蒸して食べる。アスパラに似た味だと聞いていたので、マヨネーズにお醬油《しょうゆ》をすこしたらした。

ひとつ、蒸し器から取り出して食べてみる。けっこうピリピリ辛い。もうちょっとかな。もうしばらく蒸してから、食べた。

うん。確かにアスパラっぽい味。

しばらくしたらなんかお腹が変。

あわててネットで調べたら、食べすぎるとお腹を壊す人もいる、とのこと。

私だ。

最初の生煮えピリピリがいけなかったのかも。そのあとのはピリピリしなかったから。普段食べ慣れないものを食べる時はよく注意しなければ。私は、これはもうやめよう。

それにしても、しみじみと植物の力を思う。植物の成分には人体に強い影響を与えるものがあるということを身をもって実感した。時々、森でみつけたキノコを食べた人が亡くなったという話を聞くし。漢方薬、生薬もすごいんだろうな。

植物には毒になるほどのものがあるということをしっかり胸に刻む。

6月23日（金）

今日は棋聖戦第2局。

8時半中継開始だったのに9時半と勘違いして買い物に出かけて、ハッと、帰りに気づいた。大急ぎで帰る。9時過ぎていたのでもう始まってた。

買ったものは今年初のトウモロコシ2本。うちの畑でも育ててるけどできるのはまだ先。なので我慢できず。さっそく茹《ゆ》でて食べた。甘さはまあまあ。

畑のトウモロコシを待とう。

今日の対局の立会人は福崎文吾《ふくさきぶんご》九段だった！

うれしい。途中、屋上で足湯をしながらの解説。本当にユニークな先生なので少しでも長く話を聞いていたい。

見ながら、焼きゴテアートを製作。すると焼きゴテの先のネジをしっかり締めていなかったみたいで、熱せられた鉄がテーブルにポロリと落ちた！　しまった！　焦がした！

6月24日（土）

今日もゆるゆると仕事。

途中、昼寝。

起きて温泉へ。

まばらな人。サウナで一緒になった方がいて、最初はずっと黙っていたけどしばらくして話しかけられたのでポツポツ話す。その方は温泉が好きでいろいろな温泉によく行くそう。熊本の、岩盤浴の概念が変わったという温泉施設や2メートルもの深さの水風呂《みずぶろ》のあるサウナの聖地を教えてくれた。

このあたりの温泉はどんどん潰《つぶ》れていきますよね…と共に嘆く私たち。

6月25日（日）

曇りのち雨。

早朝、畑に出てインゲン豆とカボチャの摘芯《てきしん》、枝豆の追加の種まき。じゃがいもを1本掘り起こす。

やがて雨が降り出したので家に帰って、昼間は仕事をゆるゆる進める。

温泉に行って、夜はのんびり。このところ毎日同じような日々。

6月26日（月）

ゴミ捨てのついでに畑を見に行く。

昨日は失敗した…。

カボチャの摘芯を間違えてしまった。さっき種の袋を見たら、親ヅルを伸ばして最初の数節のわき芽とつぼみはかき取る、と書いてあった。私は間違えて、数節のところで親ヅルの先をパチンと切ってしまった。その先の9節目あたりに丸い小さなカボチャがついていたのに…。そのあたりにできたカボチャがいちばん充実した実ができると袋に書いてあるじゃないか。

シュン…。悲しい。来年は気をつけよう。種がまだ3つ残っていたのでいちおう蒔いておく。

切ったカボチャのツルは雨のせいでまだいきいきとしている。それを見て胸が痛んだ。

家に帰ってネギのお好み焼きを作る。そしてからし菜の種で作ったマスタードをつけて食べる。マスタード、今年もうまくできなかったなあ。そもそもマスタード自体、あまり好きじゃないから。好きじゃないものはやはりうまくできない。

仕事をする前の心の準備時間。

お茶を飲んだりして家の中をウロウロする。

お、ピンクの百合《ゆり》が咲いたなあ。

百合をじっくり見ようと、ゆったり気分で畳に寝転んで裏庭を眺めた。裏庭の木の剪定《せんてい》、仕事が終わったらやろう。カエデも透かさないとなあ…。シダなんかの草整理もやろう。などと考えながらぼんやり見ていたら、なにか茶色い動物が目の前にサササッとやってきて、土をつっついてる。

なんだ？

写真、写真。つっつく後姿を撮った。

それからカエデの下のシダの茂みに入り込んで盛んに地面をつっついてる。ミミズを食べているのだろう。草が小刻みに揺れている。

猫だろうか。でも猫の動きとは違う。非常に小刻みで激しい。野性味に溢《あふ》れている。毛もゴワゴワしていた。しばらくのあいだ、動く草むらを見ていたら、サッと走り去っていった。

ううむ。野生動物。夜中に来るのかと思っていたけど昼間にも来るんだ。これは油断できない。普段から気をつけて見ていよう。

後ろ姿の写真をみながら、何の動物か調べてみたけどわからなかった。アナグマやタヌキやイタチには見えないが…。なんだろう？

そのあと畑に行ったら、未熟なトウモロコシが2本、食べられて倒されてた。これもさっきのアイツか？


仕事して、気分転換に温泉へ。

ふたりしかいない広い湯船にゆっくり浸《つ》かる。もうひとりのいつも会うおばあさんにさっきの動物のことを話す。しっぽが細かったから、なんだろう？ イノシシの子どもだろうか…などと。

サウナに入っていたら、水玉さんがやってきた。そして、「歳をとりたくないって最近一日に一回は思う」と言う。

「なんで？」

「近所におばあさんがいて、そのふたりがいつもうるさく喋《しゃべ》ってて、あんなふうになりたくないなあって。あんまり長生きしなくてもいいかなって思う」

「ふーん。私は、これから死ぬまでひとりでできるだけ快適に過ごせるように、生活スタイルをシンプルに、数年かけて形作るつもりなの。食べ物とか毎日の習慣とか」

そういえば、あんなふうになりたくないから歳を取りたくないという言葉を聞いて、私はポカン…としてしまった。なぜなら、私にはそういう発想は皆無だから。私の将来のビジョンには他人がいない。人がいない。家族や子供すらいない。私ととりまく環境しかない。ひとりでどういうふうに快適に…としか思わない。だから人に関することで何かを思うことはないなあ。


水玉さんは性格がはっきりしていて、たぶん家の中はシンプルでムダなものがない。間食もしないそう。尊敬するところが多く、見習いたいとよく思う。

水玉さんは鰯《いわし》の丸干しが好きで、6匹入りぐらいの硬くない柔らかい鰯の丸干しが時々Aコープに売っていてそれをよく食べると言っていた。私はたぶんあんまり好きじゃないと思うので黙って聞いていたのだが、ふと、食べてみようかなと思って先日買ってみた。

軽く焼いて頭から食べるといいよと言っていたなあと思い、そうやって食べたけど、それほど好きじゃなかった。鰯の丸干しを頭から全部食べるのが好きって、とても栄養がありそうで、憧《あこが》れる。でもまだ私はそのおいしさがわからない。ちょっと生臭い…と感じる。まだまだだわ。

さて、家に帰って畑に簡単な囲いをする。またトウモロコシを食べられなければいいが。

6月27日（火）

朝、早く目が覚めた。5時。外は明るい。

トウモロコシが気になったので畑に見に行く。

道路から見たら大丈夫そうだった。

家に戻って庭のはしっこを見る。そこからいつも猫が出入りする空間がある。前は木製の扉があったんだけど腐ったので外してしまった。昨日の動物もここから去って行ったはず。ここを網かなにかで閉じた方がいいかもなあ。

今日、網を買ってこよう。

ひさしぶりにガレージの奥のテーブルを見てびっくり。そこにいろいろな種を蒔《ま》いていたトレイを置いていた。芽が出なかったのをそのままにしておいたのだが、そこから10センチほどの長い芽が2本、ビョーンと伸びている。水をあげてないのに。こんなに伸びるんだ。これ、植えて育つものか…。一応植えてみるか。ひょうたんの芽だ。

買い物に行ってきました。晴れて、すごく暑かった。

ホームセンターで網も買った。2メートル四方の。ガレージで広げて、ひもで棒につける。それを庭に運んで空間を覆った。これで猫が通らないようになるかな。

6月28日（水）

この春に採れた種の整理をしながら王座戦の挑戦者決定トーナメントを見る。藤井竜王・名人対羽生九段。

種は、青大根、聖護院《しょうごいん》大根、ちぢみ菜、チンゲン菜、小松菜など。小さなビニール袋に入れて冷蔵庫の野菜室に保存する。種を莢《さや》から出して集めて袋に入れる作業をしているうちに、それぞれの野菜にグッと近づいた気がした。

将棋のあいまに時々畑や庭に出てサッと草取りをする。蚊に刺されないように気をつけて。

気分転換に温泉に行って湯船でぼんやり。ひまをつぶす。夜になって、藤井竜王・名人の勝ち。あと一勝で挑戦権獲得だ。

6月29日（木）

晴れたり曇ったり雨が降ったり、梅雨らしい日。湿度もとても高い。

メルカリで買ったキキョウランとルリミノキが届いたのでさっそく植えようとしたら大粒の雨。急いでササッと植え込む。

キキョウランはこの春に神社で見かけ、この青い実はなんだろうととても気になっていた植物で、名前がわかったので注文してみた。ルリミノキも青い実の生《な》る木で、初めて見たのでついでに買った。すごく小さいのが来た。ヤマモモの木の下に植えた。根づきますように。


蒸し暑い中、洗濯物を屋根の下に干して家の中に駆け込んでホッとする。

今月やる予定の仕事はほぼ終わって、あとはこまごまとした作業。それでもまだ落ち着かず、気持ちがざわついている。なぜだろう。昨日の夢がいけなかったか。うっすらとしか思い出せないが疲れる夢だった。

6月30日（金）

6月最後の日。

仕事はほぼ終わり、脱力。しばらく雨の予報なので今日から3日間は最高にぐうたらにすごしたい。

カボチャの摘芯《てきしん》で失敗したことがまだ悔やまれる。去年かおとどしのカボチャの種をみつけたのでそれを蒔いてみた。カボチャを買って食べた時にとっておいた種。

パラパラ雨の降る中、急いでグイッと土に押し込んだ。

このあいだ来た野獣だが、毛の抜けたタヌキかもしれない。毛の抜ける病気があるそうでその写真を見たら私が見たものにとてもよく似ていた。

7月

7月1日（土）

昨夜から大雨の警報が頻繁にでている。

今日も時おりすごい雨が降って怖いほど。

さっき傘をさして庭を一周してみた。うーん。晴れたらあれもしたいこれもしなければと思うことがいっぱいだ。

7月2日（日）

雨、雨、雨…の毎日。

早朝、雨がやんでいたので、いそいで畑に行く。トマトの支柱を立てないといけない。ぐにゃりと倒れそうになっていたから。

小ぶりのにんじんを2本抜いて、初めてのインゲン豆を数本収穫する。消防団の若者たちがぞろぞろと体育館へおしゃべりしながら入って行った。

トマトに麻ひもを巻きつけて上の方で結ぶ。汗が出てくる。

草整理もやりとこう。雨に濡《ぬ》れてるのをガシガシと刈る。

体育館からトランペットの音がしてきた。

ひととおり気になる草を刈った。さつま芋の芽が20センチぐらいに伸びている。30

センチまで伸びたら引き抜いて植えよう。まだ間に合うだろうか。

今日は、家の中を全体的に掃除しようかな。

スタンプ工房というので作ったスタンプができてきた。うれしい。スタンプのインクも注文しよう。

庭に積み上げられている剪定枝《せんていし》を少しずつ木の下に移動する。

7月3日（月）

今日も雨。棋聖戦第3局。沼津《ぬまづ》御用邸にて。

昨日は掃除できなかったので今日、将棋を聞きながらやろう。

雨が時おり強く降り、そのたびに外が薄暗くなる。雨がやんだり小雨になった時は剪定ばさみを手に庭を歩く。

日当たりが悪いせいか弱っているバイカウツギ（スノーベル）をどうにかしたい。

昨日、腐りかけた剪定枝をまわりに敷いてみた。小さな蜘蛛《くも》の巣もたくさんついていたのできれいにした。

ツリバナを植えた場所が通路にあたってどうにも邪魔になるので移植したい。

雷がゴロゴロ。薄暗い。有線放送で大雨の警報。

強い雨が叩《たた》きつけてる。窓から庭の木や花を見る。白く雨が飛び散っている。

お昼に、人参《にんじん》の葉っぱ、ベーコン、玉ねぎのミニお好み焼きとソーメン。つゆに梅干しをポンと入れる。

しまった！　フフロン加工のフライパンを空焚《からだ》きしてしまった。悲しい。すでにところどころ加工の表面が破れてるし…。鉄のフライパンが待ち構えてるから、もうそっちに乗り換えようか…。

7月4日（火）

晴れたり降ったり。

ツリバナの木を移植しようとしていたら強い雨。しばらく家で待機。やがて止んだので続きを始める。植え替えようと思っている場所には木の根がたくさんあった。剪定ばさみで切りながらどうにか穴を掘る。株立ちを買ったはずなのに根を掘り起こしたら細い木を3本寄せているだけだった。あら。

どうにか植え終わり、枯れた葉っぱを周囲に撒《ま》く。

温泉に行く前に小さな商店に寄る。

玉子と鶏肉《とりにく》…、ビニール袋に入ったあさりがひとつあったので、買った。

家に帰ってよく見たら消費期限は7月1日だった。今日は4日。エーッ。袋を開けて洗ったら、口が閉まらずに死んでるのもいくつかあった。ショック。それらを捨てて、とりあえずお酒で蒸す。明日《あした》ボンゴレを作ろうと思っていたけど、早く火を入れた方がよさそうだから。身だけ取り出して冷蔵庫へ。

7月5日（水）

今日も雨模様。

ときどき庭に出て剪定枝の整理。まだまだ茶色い山状態だが、すこし減ってきた。下の方の葉は腐ってきているのでいい腐葉土になりそう。糸状菌もよくついてる。

昨日のあさりでボンゴレを作った。味はまあまあだったけど気持ちはスッキリしない。次からは鮮度をよく見て買わなくては。

考えたことが未来をつくるという言葉はよく聞いて知っていたが、昨日、改めて本の中に見て、ハッとした。私はよく、失敗した出来事を反省して原因を解明するために自分のどこがいけなかったのか、次への対策は？　など、何日も何カ月も何年も真剣に考え続けていたが、それはよくなかったのではないか。

反省も解明も悪いことではないけど、それほど長く考え込むべきではない。そんなことを考えていたから未来が悶々《もんもん》とし続けていたのだ。

パッと切り替えて明るい気分で過ごしていたら、次の日は明るい気分になっていたかもしれない。何十年も、断続的に暗い気分を作り出していた私だった。

で、昨日から、たとえ研究や探究であっても暗いことを考えるのをやめることにした。

透明で明るいドロップの色のような気分、しっとりと落ち着いたやさしい色の感情、できれば輝く金や銀のひらめきや展望など、とにかく気分の色をきれいにすることにする。忘れていても、気づいたら、そうする。手帳にもそう書いた。

これからあとにどのような気分の人生が続くか、とても楽しみ。

暗い反省や妄想をし始めたら、ハッ、ダメ！　と思って、きれいな気分、軽い感情。

きれいな気分、軽い感情、だよ。

今日考えた明るさと暗さの配分がそのまま明日に適用されるとしたら、明日のために明るいことを考えていたいと思う。

いい動機ができた。

台所の窓から見える植木鉢に何か白い丸いものが。なんだろうと見に行ったら、白いキノコだった。

夜。紙に3つの言葉を書いてマグネットで冷蔵庫にはりつける。

3つの実験。

1　わずかでも「イヤだ」と感じたことはしない
2　微細な直感に従う
3　1日の気分をできるだけ明るい感情だけで満たす

これは自分の生活をすべて管理できるひとりの今だからこそできる。人づきあいも整理され、食べるものもコントロールできる今。邪魔するものがない今。実験の効果が見えやすい。

7月6日（木）

夜中、目が覚めたので、もう一度眠れるように方法を考えてみた。力を抜くと眠れるはず。目をつぶってゆっくりと呼吸。きれいな空気を吸い込むようなイメージ。どうすればきれいな空気を吸い込むことができるか。まわりをフィルターで囲おう。そこを通ってきた空気はきれいになるというフィルター。自然な感じのやつ。細いところを通ってくる空気ではなく体全体を広く包むような…。などと考えていたら眠れた。

ものすごくひさしぶりの晴れ。

今日は車の点検の日なので、ついでにいろいろやろうと思う。

まず、水がなくなっていたので汲《く》みに行く。混んでいなければいいが…。だれもいなかった。ラッキー。３００円で20リットル。少しあふれた。４つの容器でギリギリなのがいけない。やはりもうひとつ5リットルのボトルを買いたい。

１時間ほどの車の点検中、ロビーで仕事をする。２台のテレビから聞こえてくる音がすごく嫌だったけど集中すると気にならなくなった。

1時間ほどで点検と洗車が終わった。

その近くのホームセンターに花の苗を見に行く。なにもいいのがなかった。土を6袋購入。それからお豆腐屋さんで枝豆豆腐、くみ上げ湯葉、がんもどきを買う。ショートケーキでも買おうかなあ…やめようかなあ…買うとしてもショートケーキしか買いたくない。でも1個だけっていうのもなあ…、シュークリームとフルーツの何か…と迷いつつ向かったケーキ屋さんは定休日で閉まっていた。なんだ。なのでその近くのパン屋さんに行ったら、ほしいものはひとつもなかった。ふわっとしたパンしかなかった。困ったあげく、4個買った。

家に帰ってお昼にさっきのふわっとしたパンを食べて、午後は畑へ。晴れているあいだにやらなければ。

さつま芋の芽が30センチほどにのびたので、引き抜いて畝に植え付ける。14本採れた。残りのじゃがいもを掘る。けっこう虫に食べられて黒い穴が開いていた。

夕方、温泉へ。人が少ない。サウナから出たらだれもいなかった。貸し切りだ。水風呂《みずぶろ》が気持ちいい。

今日、あることで2000円損した。うっかりしていて。気をつけていたら払わなくていい2000円だった。悔しい。水風呂でそのことを鬱々《うつうつ》と考え続けた。

ハッ。これか。この考えがいけないのか。今、暗い気分だった。

そうなのだ。これだ。こういうことが今まで長かった。

気づいたので考えを振り払う。考えてはいけない。気分を明るく。とりあえず「暗い」から「中間」へ。せめて曖昧《あいまい》に。

またサウナに入り、また水風呂へ。

誰もいないし　退屈。

退屈、退屈〜、と思う。

あ、いけない。これもそうか。

楽しい退屈〜、と思い直す。

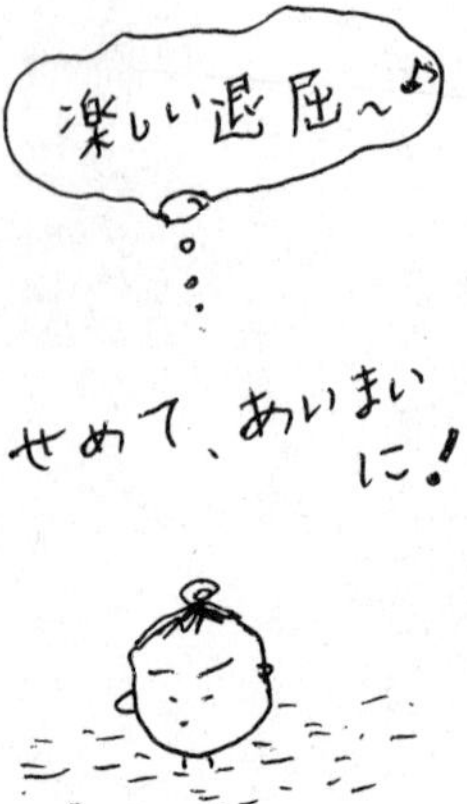

7月7日（金）

今日はまた雨。そして王位戦第1局。相手はふたたび佐々木大地七段。佐々木七段も好き。対局姿勢がいい。背筋がのびている。性格も穏やかでスッキリとした印象。

もしかして…、宗教やスピリチュアルで、考え事ができないほど肉体を酷使する修行とか、ありがとうを何万回も言うとか、呼吸を数えるとか、物理的に考えることをできなくさせるようなのってあるけど、あれって、そういうことかもしれない。つまり暗い考えをさせなくするっていうこと。ネガティブなことさえ考えなければ次の日に繰りこさないから。それほどに人はネガティブなことをついつい考えてしまう生き物なのだろう。思考が未来を創造するというのは想像以上に真実なのかも。

今、実験してるからそのうちわかるだろう。

将棋の解説にそれぞれの師匠の杉本《すぎもと》八段と深浦《ふかうら》九段が。うれしい。深浦九段も好き。ふたりの会話もおもしろい。そして現地の副立会人の高見《たかみ》泰地《たいち》七段も好き。

夕方、玄関わきの花壇をふと見たら、白くて丸い薄焼きせんべいが3枚！　なんだろう…と近づいて見ると今度もキノコ。

7月8日（土）

王位戦二日目。ほぼ互角。
天気はどんより。湿度が高い。将棋を見ながらあれこれちょこまか。
お昼にお蕎麦《そば》を食べようと思い、ネギを採りに畑へ。
兄のセッセが梯子《はしご》に乗って建築中の家の外側に何かを作っている。

気になる草を刈っていたら、何かが落ちた音と「クソーッ」みたいな大声。何か落ちたのかも。兄の方を見ないようにしてササッと家に戻る。

藤井王位の勝ち。急に終わった。

7月9日（日）

日曜日。野菜販売所に行って玉ねぎを買う。食材は買いすぎないようにするつもり。ひと袋の量が多すぎて無理に食べることになるから。

次にドラッグストアでティッシュなどを買う。ワイン売り場のとなりにトンボの大きなおもちゃが。虫よけの「おにやんま君」。売れているそう。じーっと見る。蚊にも効くと書いてある。買ってみようか、いや、やめよう。今までと同じになる気がする。


家に帰る頃に雨がポツポツ。セッセとしげちゃんが散歩帰りだろう、堤防の方から歩いてくるのが見えた。

ついでにうちにもやってきた。しばらくベンチで話す。すると、セッセの「猫!」という言葉に振り返ると、あの毛のないタヌキだった。

やっ。

物置小屋の裏の方に逃げて行った。西側の通り口を網で閉じたから引き返してきたのかも。小屋の裏をそっと覗《のぞ》いてみると、いた。こっちを見てる。そして反対側の方に行った。セッセが、反対側から出てきたと言う。

そしてまた奥に引っ込んだ。

このままここにいたら逃げることもできないだろうから解散する。

東側の出入り口も網で閉じようかなあ。

夕方、温泉へ。そこで「おにやんま君」の話題が出た。いろいろな形と料金の「おにやんま君」みたいなのがあって、ひとつ持ってて、もうひとつ買いに行ったけどなかったんだって。私が今日見たお店を教えてあげた。

7月10日（月）

今日はおおむね晴れ。

やっとたまった作業ができると思ったけど、そうなるとなかなかやる気が出ない。ぐずぐずしてしまう。

洗濯をして干そうとしたら、なんと洗濯物干し場の中央に黒いものが。タヌキのふんだった。

きゃあ〜！

こわごわ、そこを避《よ》けて遠くに干す。

それにしてもタヌキ、頭がいい。わざとここにフンをしたんだろうか。そしたらもう来ないかも…。なんとなく。最後の反抗か。

それからお米の精米に行く。今度は玄米にしよう。

午後、やっと作業。畑で草刈り。さつま芋の苗は元気にピンと上を向いていた。

じゃがいもを掘り上げた畝にはモグラの通ったあとがたくさん。上を歩くとボコボコ沈む。

ある程度でやめて、次は庭。

嫌々ながらタヌキのフンを始末した。

東側の出入り口にも網を張る。野菜用のポールとネットがあって、組み合わせたらそれがちょうどよかった。モミジの木の後ろのフェンスを利用して取り付ける。これでよし。たぶん。網のすき間が10センチ角なので通り抜けられるかも…と思ったけど、わざわざこのゆらゆらとした網の中をくぐったりはしないよねと思う。

先日買ったキキョウランを植え付けてから、シランを掘り起こす。このシランは最初どういう花なのかよくわからず、春に花壇を作る時に日の当たらない木の裏に移植したのだが、その後、白い花が咲いて、とてもきれいで好きだとわかり、庭のもっとよく目につくところに移植しようと思う。とりあえず掘り起こしてバケツに入れる。

球根の植物はどんどん増えていくので時々整理しないといけないのだと最近思った。彼岸花はだいぶ抜いた。次はヤブカンゾウや名前は知らないけど似たようなシュッシュッとした葉っぱの球根を間引いてぎゅうぎゅう詰めになっているのを緩和したい。

サウナで水玉さんにタヌキのフンの話をしたら、「うちもよく野良猫が芝生の上にわざとするよ。棒で追いかけ回したから」って。

7月11日（火）

今日もおおむね晴れ。そして暑い。

午前中はやはりやる気にならず、午後から外の作業。

陽が射さないせいか何年たっても花が咲かない瀕死《ひんし》のバイカウツギを明るい場所に移植する。

いつのまにか空は、雨、曇り、晴れ間、どしゃ降り、を繰り返してる。

7月12日（水）

今日も、同じ状態を15分も持続しない目まぐるしく変化する天気。晴れたと思って庭に出ると大粒の雨。

買い物に行って、晴れたまま店に入り、出たら晴れ。でも車のフロントガラスは雨で濡《ぬ》れてるというふう。

紫陽花《あじさい》を剪定《せんてい》する。花のついてる枝だけを残し、根元からバッサリ。スッキリした。

温泉で、熱い温泉と水風呂《みずぶろ》を行ったり来たり。これが気持ちいい。だんだん頭がぼーっとしてきて瞑想《めいそう》状態。

乾燥きざみハカブをかったけどあまり好きじゃなかった。うーん。どうしよう。これでなにかいいおつまみができないかな…と考えた。

まず水で戻し、塩気を抜く。水気を切って、キッチンペーパーに四角くのばし、トースターで乾燥させる。それにアーモンド小魚とチーズをのせてレンジでチン。おいしいおつまみができた（でも面倒だったのでこれはこれっきり）。

7月13日（木）

王位戦第2局。有馬《ありま》温泉にて。

今日は雨が降らなかったので剪定枝の山を整理しながらスマホで対局を聞く。

これからやりたい庭の作業をあれこれ考えている。まだまだたくさんある。

一度にやりすぎないこと。無理をしないで少しずつ。


温泉へ行ってリラックス。

サウナに、あの水6リットルをくれたハタちゃんがいたので、お客さんが少ないね～とか、最近のニュースについて話す。「あれから水汲《みずく》みに行ってる？」と聞いたら、「3回行ってやめた」と。

「私も3回目、このあいだ行ったけど、もういいかなあと思い始めてる。混んでるかなって気にするのがいやなんだよね」

今日も水風呂と温泉を行ったり来たりして瞑想状態。

7月14日（金）

朝起きて、庭を見たら見知らぬ猫が。

うん？ と思って外に出ると、ちょっと逃げて、立ち止まってこっちを見てる。私が追いかけてくるかどうか見極めている様子。なので少し近づく。するとまた少し後ずさり、また立ち止まってこっちを見てる。

近づく。後ずさる。

走って追いかけた。

猫も走って、ジャンプ。

フェンスを軽々と乗り越えて去って行った。猫はフェンスぐらいひとっ飛び。

将棋が始まる前に畑へ。

バジルとつる菜の先端を摘んだり、なすに支柱を立てたり。急いで帰ったけど始まってた。

昨日からWi-Fiの入りが悪く、頻繁に画面が止まる。こうなるとお手上げだ。

朝昼兼用のごはん。ドライカレーに目玉焼きをのせて、さっき採ってきたレタス類でサラダを作る。レタスは本当に細々としたのがやっと生えてる程度。食べられそうなところをどうにか集めたけどこれでせいいっぱい。

おやつには小麦粉を丸く焼いて、あんことバターをのせて食べた。

将棋のあいまに庭に出てあちこち見ていたら蚊に刺された。6ヵ所も。キャー悲しい。

7月15日(土)

今日は朝から雨。なかなか梅雨が明けないなあ。

時おり激しく降る雨を見ながらハンモック椅子にゆられる。この椅子でゆられている時間って1日にどれくらいだろう。かなりの時間になるはず。作業と作業のあいまには必ずここに座って庭を眺めている。

急がずゆっくり、と明け方に思った。

畑と庭と仕事。

どれも無理せず、できる範囲でやって、成果は流れに任せる。

結果を急がないという今までの人生ではあまりしてこなかった、できなかった時間の使い方をしている。するとなにもかも、「まあいいか」と自然にゆだねる気持ちになって焦りがなくなる。そうなったらまわりのものがよく見えてきて楽しくなる。

やらなくてはいけないこと、やりたいことが整理され、目の前に、あとやることはこれとこれ、というふうに数えられるようになった。シンプルになった。

よかった〜。

全体を把握していたい私としては本当にホッとする。

せっかちな私にとって、全体像を把握できない状況は「焦り」とか「途中」であって、落ち着かないわ、しかなかった。

7月16日（日）

今朝、起きてすぐブラインドを開けたら、また目の前に黒いものが。

まさか！

外に出てよく見てみる。

やはりタヌキのフンだった。

うーむ。

どういうこと？

宣戦布告か。

この場所が好きなのか。

粛々とフンを片づける。


天気がいいので8時ごろから作業開始。まず塀の外の草を刈る。

それから畑で草刈り。今年は夏野菜の育苗がうまくいかなかったので、トマトもナスもピーマンもまだ小さい。

今、採れるのはインゲン豆少々、ネギ、小さい人参《にんじん》。

それから庭に移動して、シダやいろいろ、雨のあいだに伸び放題だった草を刈る。

今日はここまでとやめて、ふきとブルーベリーを摘む。

ブルーベリーはあまり実ってない。特に日陰にある2本は。

それでも少し採れたものは冷凍した。溜《た》まったらジュースにしよう。


昼過ぎまで汗だくで作業。アルミフェンスの角が開いている。もしかしたらここから入ってくるのかもと思い、ワイヤーでおおざっぱにふさいだ。

午後は買い物を少し。

夕方、温泉へ。

最近は水風呂《みずぶろ》と温泉の行ったり来たりに夢中。

たまに見かける白髪交じりで黒く輝く瞳《ひとみ》の女性がいて、自然な流れで楽しく話をした。

ブルーベリー、イチジク、キウイなど果物をたくさん育てているそう。ドラゴンフルーツを最近買ったとか。

私も育てている果物のことを話す。イチジク、びわ、フェイジョア、さくらんぼ…。


家に帰って、のんびり。

これからしばらくゆっくり過ごそう。


そういえば、世界中のあちこちの美味《おい》しいお店を自由に食べ歩きしている人がいて、とても羨《うらや》ましいなあ…と思って憧《あこが》れて見ていたけど、あることを思い出してスッとその羨ましさが消えた。

あることとは。

私はたくさんの量を食べられない。

おいしいものをちょっとだけならいいけど、たくさん出てくるとやがて苦しくなる。

最初はいいけど最後にはいつも、こんなに苦しくなるんだったら食べに来なくてもいいと思ってしまう。

なので、それを思い出しさえすれば羨ましさが消える。

今日果物の話をしたので、思い出した。キウイの紅妃《コウヒ》の苗を植えたかったこと。去年、苗を予約したけどいいのができなかったということでキャンセルになった。今年はどうだろう？

探したらあった。キウイ2種受粉樹セット「紅妃と早雄《ソウユウ》」を注文する。また、その流れで思い出した黒イチジク「ビオレ・ソリエス」も注文した。黒イチジクは前に苗を買ったけど冬を越せずに枯れてしまったので。

新しく出てきたふきをまたきゃらぶきに。

7月17日（月）

今朝はタヌキのフンはなかった。朝一で、まず確認。

今日も暑い。

畑と庭の作業をする。汗だくになって、昼ごろに休憩。

午後遅くにまた庭の作業を少し。山紫陽花《やまあじさい》の移植とロックガーデンの草整理。

タヌキの生態を調べたらいろいろわかった。タヌキは同じ場所にフンをする習性があるらしい。なるほど。

温泉ではサウノには入らず、水風呂と温泉を行ったり来たり。

顔見知りとタヌキの話をしたら、その人の庭にも来るそう。いろいろいっぱい来るって。そうか。しかたないのか。

温泉から帰って、今日移植した山紫陽花に水をあげる。こんなに暑くなったけど根づいて欲しい。日陰になってるフェイジョアの移植もしたいんだけど冬にした方がいいのかなあ。いちばんのしあわせタイムに庭めぐり。

トウモロコシは今年もごく小さいのが少しだけ採れてる。実が3分の1とか、20粒とか、アリが入ってたり。でもそれをきれいに洗って大切に食べるとてもおいしい。宝石のように貴重な感じがする。

7月18日（火）

タヌキのフン、なし。

今日は棋聖戦第4局。始まる前に畑へ。1時間半ある。草を刈ってナスやトマト、いちじくの木の下に敷く。草刈りをしていると途中からゾーンに入ったように気持ちよくなる。

今日、初のプチトマトを収穫した。2個。とてもうれしい。あとはインゲン豆1本、ズッキーニの雄花ひとつ。

千成《せんなり》びょうたんの花が咲いていた。白く薄い花。うれしいけど…もしひょうたんが生《な》ったらどうしよう…とも思う。中身を取り出す作業をしなくてはいけない。やだなあ（すべて枯れた）。ガレージに置いてある苔《こけ》は道具類の簡単な土落としに使っていて、とても重宝している。

将棋にぎりぎり間に合った。

将棋を見ながらしょう油麹《こうじ》を作る。玉ねぎ麹と塩麹はすでに仕込んだ。

窓から見える庭のあちこちをじっと見てはこれからやりたいことを考える。急がずにゆっくりやろうといつもいつも思う。

7月19日（水）

今日は雨。なので外の作業はお休み。なんとなくホッとする。今朝がた夢を見た。両手で箱を持っていてそれを15度とか30度とかあちこち傾けて見ている。人でも物でも、見方を変えると違って見えるということだった。

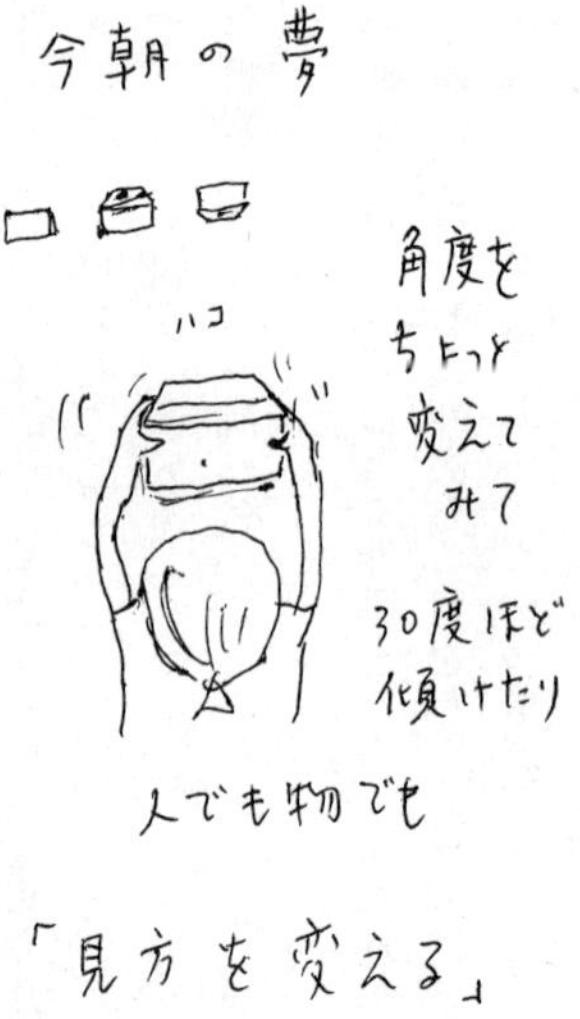
今朝の夢
ハコ
角度をちょっと変えてみて
30度ほど傾けたり
人でも物でも
「見方を変える」

傘をさして庭を歩く。何か赤いものが！

水鉢の睡蓮《すいれん》の花が咲いていた。近づいて見ると雨で花びらが大きくびろんと広がってる（後日晴れたらちゃんと閉じた）。黄色い芯《しん》があざやか。今年はつぼみが3つもできている。

お昼にひとりで近くのカフェへ。ランチに冷やし中華があったので。このあたりで私が食べたいと思うシェフの味はここだけ。

混む時間をさけて開店後すぐに向かった。パッションフルーツブリュレもあるそうなので持ち帰り用の容《い》れ物を持ってくるつもりが忘れたことをお店の前で気づいた。ああ。どうしよう。ちょっと食べて残りは家で食べようと昨日から計画していたのに。あきらめようか、それともお店で食べようか…。いや、取りに帰ろう。

Uターンして家に帰る。

ガラスのタッパーを持ってふたたびカフェへ。無事に冷やし中華を注文する。ゆっくり食べて、パッションフルーツブリュレも注文する。上にパッションフルーツがちょっとのっかってる。甘酸っぱくておいしい。この大きさなら全部食べられる。どうしよう。でも、やはり半分、持って帰る。

帰りに買い物。トウモロコシを買った。すこし萎《しな》びていたけど…。

夕方、温泉へ。あの虫よけの「おにやんま君」がすごく効くと水玉さんが言う。蚊に刺されなかった、本物のおにやんまが後ろをついてきた、と。ええっ！　ホント？

帰りに受付でトウモロコシをもらった。白と黄色の2本あった。とても新鮮そう。プチプチしている。水玉さんと半分ずつ分ける。

家に帰ってすぐにレンジでチンして食べたらものすごくおいしかった。

7月20日（木）

今日は晴れなので庭の剪定《せんてい》作業を夢中でやった。朝7時から午後1時半まで。

枝がねじくれたまま大きくなってしまった西側の20年物のアベリア、ドウダンツツジ、レンギョウを思い切って下の方で強剪定した。隣の家の壁を隠すために大きく伸ばしていたけど、案外やってしまったらスッキリ。気にしていたのがウソみたい。ここからまっすぐに伸ばしていこう。剪定しやすく仕立て直したい。こういう木がまだ他にもあるのですこしずつでもやっていこう。管理しやすくなるように数年計画で。

お昼に昨日買ったすこし萎びたトウモロコシを食べた。やっぱりおいしくなかった。

外の渡り廊下を歩いていたら前にヘビが。ビー助かもしれない。しばらく見なかったけど元気だったか。しばらく観察する。やがて岩の間にスルスルと入って行った。

買ったら、すでに持っていたということってある。

昨日、斑入《ふい》りヤブランを500円で注文した。今日、木の下の草を払っていたら、同じものが結構生えてた。しまった〜。気づかなかった。

強剪定したアナベル。いい匂いなのでわずかに咲いていた花を集めて瓶に挿す。

果物熱がまだまだやまず、パッションフルーツの苗を注文してしまった。赤紫のと黄色の小さい苗、2本。

というのも、うちの食用じゃない時計草の実が小さく生っているのを今日、発見したのだ。この実が生るなら果物の方の時計草も生るかも…と。

7月21日(金)

昨日作業しすぎて疲れたので今日はのんびりやろう。切った木の枝葉を選別する作業もやらなくては。

タヌキよけのネットを見ると重石《おもし》にしていた石が下に落ちていた。

うん？　どうしたのだろう。

よく見たら、ネットの紐《ひも》が2ヵ所切られていて、向こうの地面の苔が荒らされている。もしかすると紐を切って中に入ろうとしたけど、石が落ちたので驚いて逃げたのかな。庭に入った様子は…たぶんないので侵入を防げたのかも。切られた2ヵ所を結ぶ。今日は「おにやんま君」を買いに行きたいなあ。そんなにいいなら。

キウイ苗が来た！　やることいっぱい。

リビングの窓から剪定した木の枝が見える。葉っぱを切りたい。こんな時にサッと出て行って切りたいけど蚊が…。でも長袖《ながそで》長ズボンに着替えるのが面倒。

そうか、こういう時こそ「おにやんま君」だ。

ブーッと車を走らせる。最初に行ったホームセンターにはなかった。なので先日見たドラッグストアに行くと、あった。３個しか残ってない。１個購入。

家に帰ってさっそく帽子につけて半袖で葉っぱの切り取り。

確かに、蚊に刺されない。本当に効いてるのかも。

でも最後に木の下で草を取っていたら左の手の甲を小さいヤブ蚊がチクリ！

きゃあ～。残念。家に戻る。


そのあと夕方にも半袖で木の下の剪定枝を細かく切ったけど蚊に刺されなかった。

それから温泉へ。

外にアケミちゃんたちがいて明日《あした》の花火大会について話していたので私も加わる。

そこへ水玉さんがやってきたので一緒に中に入る。

「おにやんま君、私も今日買ってつけたら本当によく効いたよ」と報告した。

すると水玉さんが「私は今日、蜂に刺された」と言うではないか。

「えっ、どうして？」

「おにやんま君をつけて安心してブルーベリーの木に手を突っ込んだら中に蜂がいてチクッて」

「ああ～。蜂がおにやんま君を見る暇がなかったんだね」

「そう」

と夢中になって話しながら脱衣所のドアを開けて中に入る。

すると、目の前に首にタオルをかけて後ろを向いた素っ裸の男性が！

きゃあ～。どういう…、あっ！

大慌てでクルッと引っ返してそこから飛び出す。

今日は10日ごとの男女交代日だった。話に夢中になってて…。

しばらく笑いが止まらなかった。あの方がこっち向いてなくて後ろ向きでよかった。

7月22日（土）

今日は曇りの予報なのでじっくり庭仕事をしよう。

剪定した木の枝を細かくする作業をフーフー言いながらやっていたけど、そんなことしなくてもいいかも。バサッと木の枝を集めてシートで包んで置いといたらいい感じにしなやかになるらしい。それだったらすごくいいなあ。

ああ〜
さ〜っぱりしたし
といったふう
しん
しん
おにやんまくん……

で、枝や葉っぱをそのままシートに包む。

次に、もじゃもじゃに絡んで伸びていた東側のレンギョウをバッサリ強剪定する。これも西側と同じく隣の家が見えないようにとできるだけ大きくのばしていたけど、あまりにも密になってしまい、これももうここらで一気にやるかと。

するとスッキリ。こだわっていたのがウソみたい。

つる性のハニーサックルもバッサリ切った。

こちらもサッパリ。こだわっていたのがバカみたい。

こんなふうに次々とこだわりを飛び越えよう。


今日は花火大会。河原で8時ごろから花火があがる。数年ぶりに屋台もでるそう。

私はもういいかなあ。7時から将棋のABEMAトーナメントがあるし…。

8時に気が向いたら外に出て、近くの橋のところから見ようかな。花火の音を聞くと急に慌てるかもしれない…。


8時になったのでやはり堤防に行くことにした。真っ暗な堤防に人が集まっていく。

向こうの河原では舞台が組まれ。屋台も出ている。私は離れたここから見よう。

しばらくしたら始まった。よく見える。椅子を持ってくればよかったなあ。30分ほどで終わった。

ABEMAトーノメントの続きを見て、就寝。

7月23日（日）

今日はブルーベリーの剪定をした。こちらもかなりバッサリ。葉ばかり茂って実が生《な》らないので思い切って主幹を少なくした。

環境再生家、「地球守《ちきゅうもり》」の高田宏臣《たかだひろおみ》さんの動画を見て勉強する。大事な話はノートにメモしながら。森、庭、土壌などの話を聞くのは大好き。おもしろいしやる気が出てくる。いろいろ思うことがあった。

で、さっそく、庭の土をよくするために使う貫通マイナスドライバー35センチを注文した。もみ殻燻炭《くんたん》も買ってきた。寒くなったらこのあいだ買った無煙炭化器で炭を作りたい。

7月24日（月）

昼寝して、夕方、庭を見て回る。パッションフルーツの小さな苗が届いたので明日はそれの植え付けをしたい。

今日はやるぞと決めて、パッションフルーツ2本、キウイ2本を植え付ける。時々雨がバーッと降ってくるので何度も出たり入ったりしながらだった。

パッションフルーツは2階に続く外階段の手すりに這《は》わせるように。そこは地面が堅く、10センチぐらい下に砕石の層があるので、まずガツガツとつるはしで穴を掘って石を取り出す。ある程度大きくしたら軽石や落ち葉、もみ殻燻炭、腐葉土を入れて、最後に花と野菜の土を入れた。パッションフルーツの小さな黄色の苗と赤紫色の苗。根づきますように。

次に、玄関わきのモッコウバラの花壇に向かう。コンクリートで囲まれた1・5メートル×1メートルぐらいの四角。狭いところにいつのまにかたくさんの植物が育ってきている。大きなモッコウバラ、たくさんの細い時計草、鳥が運んだナンキンハゼ、つる性のカロライナジャスミン（これは2階まで伸びすぎたので短くする予定）、ライラック、百合《ゆり》など。今年はライラックが咲かなかった。もしかすると枯れたのかもなあ。

ここに新しい仲間が入る余地があるだろうか…。でもキウイを這わせられるようなしっかりとした藤棚はここにしかない。

いくつかの根っこをハサミで切りながらどうにか穴を開けた。大きく掘れなかったのでギリギリに植えこんだ。さて、どうなるか。

「新しい仲間がきたのでよろしく。紅妃っていうお姫様と早雄っていう…子分みたいなの」と、とりあえずみんなに紹介する。

また地球守の高田さんの現地レクチャー動画を見る。興味深くてついつい夢中になってしまう。早山でいろんなことを、動きながら、あっちこっち脱線しながら、いっぱい喋《しゃべ》ってる。伝えたいことがたくさんあってすみませんという。私がメモした言葉。

「あらゆることに作法があります。枝の置き方にも。こうやって剪定枝《せんていし》をゆらすと一体になってゆれます。しがらみを作るんです。枝と枝ががんじがらめになってゆらした時に一体でゆれるように。視点があれば。何のためにやるか。

すべてのものをちゃんと円滑に土地に返しながら土地の力になるためには有機物を置き換えるわけです。有機物、無機物、そこにあるものをどう置き換えるか。人間がそこに住むことで土地も育てていく。僕ら実際、体でコツコツとした営みをやっていくことで自然と折り合いをつけるというか、彼らも豊かに、僕らも豊かに、っていう本当の共生です」

「人間が生活するってことは、ある面、段々を作るってことでもあります」

「谷に点々と穴を開けて、そこに刈った草を差し込んでいく。そうするときれいになって、歩きやすくなる。メンテナンスしやすくなる。そしてその歩いた道が呼吸口になる。すべてにおいて矛盾のない造作が本当の人間の正しい造作なんです。副作用があったり矛盾がある時は必ず何かが間違ってる。自然の摂理に添ってない。自然の摂理に添った造作は副作用もなく矛盾もない」

「全体がおだやかにとどまって多様化するように」

「なじんでいるものは気持ち悪くない。美しく、違和感がない」

などなど。たくさんありすぎて途中からメモを取るのはやめた。何度も動画を見返したい。「庭を歩くのには3年かかるぞ」と親方に言われた話も好きだった。

7月25日（火）

いい天気。

今日から王位戦第3局。小樽《おたる》の鰊《にしん》御殿、銀鱗《ぎんりん》荘。楽しみ。

時々見ながら家の中と庭を行ったり来たり。

タヌキ対策のいちばんは、きれいに掃除することなんだって。汚くしてると呼び込むのだとか。長雨で草ぼうぼうだったところをスッキリと刈り取ったから来にくくなったのかな。

以前、庭のあちらこちらにやたらと植えこんだつる性植物が根づいて旺盛《おうせい》に伸び始めた。これほどになるとは…。

で、手入れできるものはこまめに手を入れて、手に負えない植物は引き抜くことにする。大好きなヒメツルソバも、これからは抜いてだんだんに縮小させよう。

やるだけやって、やがて、あっ！　と思って急いで収束。その繰り返し。

夜は井上尚弥《いのうえなおや》のボクシングの試合。変わらず強かった。

7月26日（水）

将棋二日目。

今日もちょこちょこ庭に出て作業する。

うーん。北側の植え込みの中に道をつけたい…。そうすれば手入れがしやすくなる。石を並べて作ろうかな。

日当たりが悪くて小さかったオリーブの苗を2本、塀の外に植えたのだが、あれを植木鉢に移植して庭に置きたいと思った。今の場所は狭いからいつかは植えかえなくてはいけなくなる。今、やりたい。

今日、つる性の植物を切ったり抜いたり、整理していて思った。植物との関係には蜜月《みつげつ》というのが確かにある。以前、目隠しになるようにと家を取り囲むフェンスのあちらこちらに挿し木したつる性植物。どうか根づいて花を咲かせて…と願っていたが、やがて根づいて数年たち、今ではそれらのいくつかが茂りすぎて困ったことになった。伸び始めの2～3年。あの頃が蜜月だった。

育つものはやがて大きくなる。それが許容範囲を超えたらどうにかしなくてはいけない。整えるか、切るか、引き抜くか。あんなに憧《あこが》れた花なのに…。

人との関係も、それ以外のものでも、蜜月ってある。

それを考えて行動しなければ。

これから抜くもの。シダ、つる性の草花、刺《とげ》のあるもの。

将棋は藤井王位の勝ち。これで3勝。

7月27日（木）

1年に1回の浄化槽の清掃が来た。朝8時とは早いわ。

今日は髪の毛をカットしようと思っていつものお店に電話したら、コロナにかかってしまって今週はお休みしてますとのこと。あら～。近くでは初めて。

それでは今日は剪定枝の整理をしよう。大きなシラカシの木の裏側に気楽にポンポン投げ込んでいんのが小山になってしまった。このままだと堆肥化《たいひか》しにくいそうなのでボキボキ折ってできるだけ密に重ねる。最後、足で踏んだらかなりいい感じに収まった。途中、前にどこかに置き忘れた三つ又の熊手を発見。枝の中に落ちていた。枝と一緒に投げ入れたんだな。

7月28日（金）

午後1時から興味深い記者会見があるというので冷やし中華を早めに作って食べて、楽しみに、緊張しつつ見たら思いのほかほのぼのとした印象だった。

さて、今日は北側の植え込みの中に石で通路を作りたい。これは気合を入れて頑張ろう。

半分作りました。でも石が小さくて踏むとふかふかしているので耐久性はないかも。そのうちシダなどが出てくると沈んでしまいそう。でも今のところはいい感じ。

サクが31日に帰ってくるというのでチケットを取る。そのラインを見たのが夜中の2時に目が覚めた時。どうしよう。朝まで待とうか…と思ったけど売り切れたらいけないと思い、起き出してネットで注文した。

7月29日（土）

今日、明日《あした》は仕事を頑張る。

天気がいいので庭の作業の続きをやりたいけど我慢。


昨日サウナで水玉さんに「味噌汁《みそしる》のだしはどうしてる？」と聞いてみた。というのも私は味噌汁、特にだしをとるのが苦手なので。煮て、出す、ところが。すると、

「入れない」

「えっ？」

「いりこの粉をちょっと入れるかな。でもめったに作らない。たま〜に」

その答えを聞いてパッと気が軽くなった。

そうか。作らなくてもいいのかも。私は味噌汁はあまり好きではなく、でも時々すごくおいしいと思う時もあり、そのすごくおいしいものをスムーズに作れるようになりたいと思っていた。自分で作っておいしい時というのは、だしをとても丁寧に濃くとって、味噌の味が好きで、具の種類に納得してる時。そのおいしさは喉《のど》で感じる。

でもそれを毎日のようには作りたくない。本当に食べたい時というのは週に1回か2週に1回ぐらいだ。

それでいいのかもなあ。毎日作る人になんとなく引け目を感じていたけど、私はそれは苦手なんだから別にいいか。自分のペースで。

でも研究は好き。香川県の伊吹《いぶき》いりこっていうのが有名らしいので今度注文してみたい。

仕事を始める前にいつものようにグズグズする。

1時間ほど前に剪定《せんてい》ばさみ片手に庭に出ていた。蚊の対策には「蚊取り線香を腰につけるのがやはり一番効く」と誰かが言っていたのを思い出し、今年初めて丸い携帯用蚊取り線香缶を取り出す。腰につけて庭をひと回りしながら気になったところで腰を下ろして作業した。それでも蚊には2～3カ所刺されたかも。でもなんとなく安心だった。

さあ、これで観念して仕事をしよう。

1時間ぐらい仕事をして、途中に休憩を入れて、というふうに小刻みに進める。

休憩中に動画を見ていたら、しまった！ 引き込まれてしまった。引きこもってる人を連れ出すドキュメンタリー動画。30年間引きこもっている53歳の男性と中学1年生の男の子の回。どちらも見ながらいろいろ考えた。なぜこうなったのか…。自分の子育ても振り返ってしまう。うーん。スタッフの方と親との会話も興味深い。そんなわけで仕事は予定まで進まなかった。

7月30日（日）

昨日進まなかった分、今日は熱心に頑張る。

少しやって、気分転換に剪定ばさみ片手に庭へ。気になる草を刈ったり、木の下に敷いた枯れ枝を細かくしたり。楽しい。いけない。ついついやり続けてしまう。

春にたくさん植えたコキアは梅雨の長雨で茶色くなってほぼ枯れてしまった。水玉さんからもらった10センチぐらいの極小コキア2本がわずかに生き残ってる。

ふと見ると段の上に置いた流木の根が顔に見えた。絵本に出てくるような、太陽の顔。ふくろうにも見える。ふふ。

ゆらしほぐしマッサージから夏のキャンペーンメールが。

ああ忘れてた。あの頃は長雨で暇だったから…。基本的に体を触られるのが苦手なのでもういいかな。

7月31日（月）

曇り。

仕事がやっと終わった。よかった。今日の夕方にサクが帰ってくるのでそれまでに掃除と買い物に行こう。

最近庭や畑の作業をしていてつくづく思うことがある。

私は今、嫌なことは何もしなくてもいいという生活を送っている。突然やってくる嫌なことはしょうがないけどこちらから向かわなければならない嫌なことはない。好きなことだけをできる。

人生を大雑把に3つに分けるとすると、最初の3分の1は子供時代、真ん中の3分の1は仕事をしたり子どもを育てたりなどの社会活動時代、最後の3分の1の今は自分の思想と美意識を思うぞんぶんに実践する時代。出しゃばらずに次の世代に舵取《かじと》りを任せ、頼まれた時だけ力になる。

そう。その幸せな時間に私はまだ慣れていなくて、たまにふとそれを思い出してはハッとする。好きなことだけしたらいい。しかもその好きなことにはほとんどお金もかからず邪魔もない。いやあ〜。どうしよう。笑いがこぼれる。

実はこういう暮らしをしていてわかったことがあった。私は人を必要としない。人の話を聞いていると気分が下がることの方が多い（どうしてそういう考え方をするのだろうと思って）のでひとりの方が楽だと感じる。

それもうれしい発見だった。

これからこの生活を続けていってどうなるか。どんなことを思い、感じるか。それを知るのがとても楽しみだ。

きれいな気《き》分《ぶん》、軽《かる》い感情《かんじよう》。

つれづれノート㊹

銀《ぎん》色《いろ》夏《なつ》生《を》

令和５年 10月25日　初版発行

発行者●山下直久

発行●株式会社KADOKAWA
〒102-8177　東京都千代田区富士見2-13-3
電話　0570-002-301（ナビダイヤル）

角川文庫 23858

印刷所●株式会社暁印刷
製本所●本間製本株式会社

表紙画●和田三造

ISBN 978-4-04-114110-6　C0195

◇◇◇